KB241829

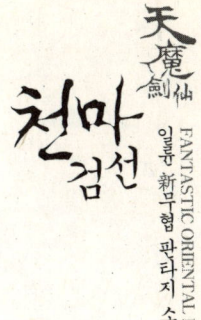

天魔劍仙

천마
검선

일무 新무협 판타지 소설

FANTASTIC ORIENTAL HEROES

천마검선 2

일륜 新무협 판타지 소설

초판 1쇄 찍은 날 § 2008년 6월 2일
초판 1쇄 펴낸 날 § 2008년 6월 10일

지은이 § 일륜
펴낸이 § 서경석

편집장 § 문혜영
편집책임 § 유경화

펴낸곳 § 도서출판 청어람
등록번호 § 제1081-1-89호
등록일자 § 1999. 5. 31
어람번호 § 제2-1502호

주소 § 경기도 부천시 원미구 심곡1동 350-1 남성B/D 3F (우) 420-011
전화 § 032-656-4452 팩스 § 032-656-4453
http://www.chungeoram.com
E-mail § eoram99@chol.com

ISBN 978-89-251-1341-8 04810
ISBN 978-89-251-1339-5 (세트)

天魔劍仙

수라검귀

2

천마검선

일룬 新무협 판타지 소설

FANTASTIC ORIENTAL HEROES

청어람
도서출판

目次

第一章
하오문의 꿈

天魔
천마검선
劍仙

섬서성 서안으로 들어서면서 북적대기 시작한 인파는 좀처럼 줄어들 생각을 하지 않았다.

평범한 흑의 무복에 어디서나 볼 수 있는 흔한 검을 찬 스무 살가량의 청년은 사람들과 부딪치지는 않았으나 인파들로 인해 몹시 곤란해하는 표정을 지었다.

특이한 것은 머리칼을 묶지도 않았는데 단정해 보였다.

청년은 계속 있다가는 안 되겠는지 가장 눈에 띄는 한 주루로 향했다. 그곳은 그나마 사람들의 출입이 많지 않아 보인 까닭이다.

그러나 막 주렴을 걷고 들어서자 청년은 멍해지고 말았다.

왜 이곳에 사람들의 출입이 별로 없는지 알게 된 까닭이다.

주루 안이 사람들로 바글거렸다.

"어서 오십쇼, 나리."

어깨에 수건을 걸친 점소이가 급히 달려왔다.

"자리 있나?"

그냥 나가기 뭐해서 예의상 물어본 것이다.

"에구, 자리가 있을 턱이 없습죠."

"……."

청년은 점소이의 대답에 무안해지고 말았다.

손님을 내쫓는 방법도 여러 가지라고 생각하며 막 돌아서려 할 때였다.

"나리, 식사만 하실 요량이면 자리를 한번 만들어보겠습니다."

"그럴 수 있겠나?"

나가봐야 다른 주루의 사정도 마찬가지일 거란 생각에 청년은 못 이기는 척 물었다.

점소이는 청년의 말이 떨어지기가 무섭게 자리 이곳저곳을 기웃거리며 손님들에게 양해를 구하더니 곧바로 청년에게 손짓했다.

"이쪽입니다, 나리."

청년은 점소이가 가리키는 곳을 쳐다봤다.

점잖게 생긴 노인과 손녀로 보이는 차가운 인상의 미인이 나란히 앉아 있는 자리였다.

망설일 것 없이 다가가 포권을 취했다.

"자리를 내주셔서 감사합니다."

"별말을 다 하는군. 앉게나. 허허허, 우리는 오리탕과 소채, 죽엽청을 시켰네. 자네 것도 같이 나오면 좋을 것 같으이."

노인은 사람 좋은 표정으로 청년을 맞이해 주었다.

"저는 소면으로 하겠습니다."

점소이는 신나게 받아 적으려다 청년이 소면만 달랑 시키자 어깨에 걸린 수건을 털며 성의없이 외쳤다.

"여기 소면 추가요!"

"허허허, 이해하게. 손님이 많으면 점소이까지도 주인 행세를 하는 법이니까. 그래, 자네는 어디로 가는 길인가?"

"찾는 사람들이 있어서 여행 중입니다."

"그래? 화산으로 가는 것이 아니고?"

"화산이요?"

"설마 화산에서 무림군웅대회가 열린다는 걸 모를 리는 없을 테고."

"화산무림군웅대회……."

청년은 씁쓸하게 웃었다.

이 년 전의 일이 떠오른 까닭이다.

'장문대행님… 정말 보고 싶습니다. 사형들, 살아 있죠? 적

우강이 사형들을 찾아 나왔어요.'

다시는 볼 수 없는 서벽풍과 사형 둘. 하지만 아직 찾아야 할 두 명의 사형이 있었다.

적우강은 이내 고개를 절레절레 흔들었다.

갑자기 적우강의 표정이 심각해지자 노인은 옆에 앉은 여인을 돌아봤다. 냉랭한 표정의 여인도 이상했는지 적우강을 보고 있었다.

"뭘 그렇게 생각하나?"

"아닙니다. 갑자기 예전 생각이 나서요. 그럼 두 분은 화산으로 가는 길이십니까?"

"그런 좋은 구경거리를 놓칠 수야 없지. 오랜만에 지인들도 만나고 말일세."

만날 지인들이 많다는 것은 노인이 강호에 오랫동안 몸담고 있음을 뜻했다. 굳이 말하는 이유를 적우강은 금방 알 것 같았다.

"소개가 늦었습니다. 적우강이라고 합니다."

"적우강?"

노인은 더 나올 말을 기대하며 시선을 떼지 않았다.

그러나 적우강은 더 이상 말을 잇지 않았다.

"사문은 없는 모양이죠?"

여인이 처음으로 말문을 열었다. 역시나 표정에서 알 수 있듯이 말투는 냉랭했다.

적우강은 여인의 말에 씁쓸한 웃음을 지었다.

"허허허. 령아, 누구나 말 못할 사연 하나쯤은 있는 법이란다. 우린……."

"할아버지, 음식이 나오네요. 일단 식사부터 하죠."

여인이 노인의 말을 가로채며 앞쪽을 쳐다봤다.

적우강에게 굳이 신분을 알려주고 싶지 않다는 간접적인 표시였다.

"령아."

"주루를 잘 고른 것 같네요."

노인이 여인을 나무라려 할 때 적우강이 아무렇지도 않다는 듯 웃으며 젓가락을 들었다. 당연한 것이, 오히려 여인 덕분에 조용한 식사를 할 수 있게 됐기 때문이다.

'저 사람 바보 아니야?'

소면을 바라보는 적우강의 표정이 너무도 해맑았다.

여인은 이내 아미를 찡긋거리고는 젓가락을 들었다.

이 년 동안 오직 벽곡단만으로 끼니를 채우다 얼마 전에야 비로소 비곡어를 먹어본, 이 년 만에 제대로 된 소면을 처음 먹게 된 적우강의 심정을 그녀가 어떻게 알겠는가?

'가 사형이 장문대행님의 노리개가 지하 밀실의 열쇠라는 것을 발견하지 못했다면 이 자리에 있지도 못했겠지.'

적우강은 소면을 입에 넣고 오물거렸다.

"아! 정말 맛이 좋네요!"

맛에 감격했다.

대전의 지하 밀실, 아무런 이름도 붙여 있지 않아 적우강과 가대건은 그곳을 그냥 지하 밀실이라고 불렀다. 그곳에서 두 사람은 진짜 현천일검을 익혔다.

현천삼식은 현천일검을 익히기 위해 반드시 입어야 하는 옷이다. 언제나 몸과 하나가 되어 구겨지고 접혀지는 옷.

발현, 잠둔, 미리반천을 더욱 정교하게 익혔다. 또한 세 초식을 한 틀에 묶기 위해 노력했다. 삼 년 내내 현천일검로를 일상처럼 수련했던지라 이제는 별 어려움 없이 펼칠 수 있게 됐다.

지하 밀실에서의 이 년을 생각하며 적우강은 소면 그릇을 비울 때까지 한 번도 고개를 들지 않았다. 막 국물까지 깔끔하게 비웠을 때다.

"자네도 화산으로 한번 가보는 것이 어떤가?"

"예?"

"화산 말일세. 우리와 함께 가는 것이 어떤가? 노부는 공동파의 육양이라고 하네."

노인과 나란히 앉은 여인의 표정이 딱딱하게 굳었다.

노인을 누구보다 잘 알고 있는 여인은 더 이상 말릴 수 없음을 깨달았다.

"왜, 비무대회를 구경하는 건 시시한가?"

'시시? 이 사람이 군웅대회를 우습게 여길 정도로 뛰어난 고수라고?

여인은 할아버지의 말을 믿을 수 없다는 눈으로 쳐다봤다. 하지만 노인은 적우강의 반응을 주시하며 손녀에겐 시선조차 주지 않았다.

"할아버지, 이 사람하고 동행하시려면 할아버지나 하세요. 저는 창피해서 함께 못 다니니까. 아니, 우리가 이런 사람과 동행한다는 것이 말이 돼요?"

"이런 사람?"

적우강의 시선이 여인에게로 향했다.

"흥! 할아버지께서 좋게 봐주니까 갑자기 동행이라도 하고 싶은 용기가 생기나요?"

눈썹을 꿈틀거리며 바라보는 적우강을 향해 여인은 지지 않고 냉랭하게 마주 쏘아봤다.

"내가 언제 화산무림군웅대회에 데려가 달라고 부탁한 적 있소? 나는 애당초 화산에 갈 생각이 없소."

"잘됐네요. 할아버지, 그만 일어나죠."

여인이 자리에서 일어났다.

사람을 무안하게 만드는 데에는 도가 튼 여인 같았다.

"쯧쯧, 저런 버르장머리 하고는. 미안하이."

노인이 고개를 가로저으며 적우강에게 여인 대신 사과할 때였다.

"천잔수 나곤! 여기가 어디라고 네놈 따위가 있는 거냐? 마

도에 붙어 꼬리나 살랑거리지 어울리지 않게 무슨 술타령이
야!"

우당탕!

세 사람이 앉은 탁자 뒤쪽에서 요란한 소리와 함께 거친 욕
설이 터져 나왔다.

그곳을 돌아보자 흥미로운 광경이 연출되고 있었다.

천잔수 나곤이라 불린 사내가 자신에게 욕설을 퍼부은 검
수들을 바라보며 콧방귀를 뀌고 있었다.

"쯧쯧쯧, 정도의 기둥이라고 자처하는 녀석들이 왜들 저
모양인지. 천잔수 정도 되니까 참지, 벌써 목숨이 황천을 오
락가락했을 녀석들."

천잔수란 자를 노인도 알고 있는 모양인지, 나쁜 감정은 없
어 보였다.

"어르신, 저 사람이 강한가요?"

"강하지. 한때 섬서성에선 제법 이름을 떨친 자네. 마중천
에서 포섭하려고 공을 많이 들였지. 그때 싸우지만 않았어도
손가락이 잘리지 않았을 텐데. 쩝."

"손가락이 잘려요?"

"하오문을 흡수하려면 제일 먼저 설득해야 하는 사람이 저
천잔수거든. 하오문주 나예린의 오빠니까."

"하오문주 나예린…… 정도 쪽 사람인가요?"

적우강은 전혀 모르는 이름이 계속 나오자 멋쩍게 웃으며

물었다.

"잘 모르는 모양이군. 정도라고는 할 수 없고, 그렇다고 마도라고도 할 수 없지. 허허허. 하오문을 정도와 마도 양쪽에서 무시하거든. 미묘한 문제일세, 미묘한 문제야."

"하오문이란 곳의 세가 큰가요?"

"크다고는 볼 수 없지."

노인은 잠시 말을 멈췄다.

적우강이 지나치게 하오문에 대해 관심을 보인 까닭이다.

"한데, 자네는 왜 그리 하오문에 관심을 보이는 건가?"

노인은 뭔가 이상하다는 듯이 적우강을 쳐다봤다.

화산무림군웅대회에는 관심도 없던 적우강이 갑자기 질문이 많아진 것이 의아했던 탓이다.

"당연히 관심이 가죠. 정도에도 속하지 않고 마도에도 속하지 않은 곳이라고 하시는데, 오히려 정도와 마도에선 관심을 갖고 있는 것 같아서요."

적우강의 대답이 너무 시원해서 오히려 물어본 노인이 머쓱해지고 말았다.

아주 어려운 문제를 냈는데 그것을 아무렇지도 않게 풀어버린 격이라고나 할까?

노인은 허허 웃고 말았다.

"요즘은 구대문파의 속가제자들이 너무 극성이야. 마중천의 세가 늘어나면서 더 심해졌지. 포용할 줄은 모르고 벽을 만들 줄만 알지. 쯧쯧쯧."

"어르신 말씀대로 너무하네요. 숫자로 위협하는 모습이 보기 안 좋은데요?"

적우강은 말을 마치자마자 자리에서 벌떡 일어섰다.

그 모습에 노인과 여인은 깜짝 놀란 표정을 지었다.

여인의 말에도 끄떡 않던 사람이 갑자기 정의의 검이라도 휘두를 듯이 일어섰기 때문이다.

"그만들 하시오."

적우강이 검사들을 불렀다.

천잔수를 핍박하던 검사들이 일제히 돌아봤다가 어처구니없는 표정을 짓고 말았다.

"우리에게 한 말이냐?"

"당신들 외에 이곳에서 떠드는 사람이 있나? 주루, 전세 냈소? 손님들이 편안히 식사를 즐길 수 있도록 조용히 하시오."

"허! 어처구니가 없군. 우리가 누군 줄 알고 그따위 시건방을 떠는 거냐?"

"알지. 여럿이서 한 사람을 협박하는 겁쟁이들."

적우강의 목소리가 살벌해졌다.

"구역질나는 마도의 개를 비호하겠다는 거냐? 너도 마도의 개냐?"

"그럼 정도를 자처하는 당신들은 정도의 개인가?"

적우강의 말에 검사들의 표정이 확 바뀌었다.

"할아버지, 저 사람이 조금 전에 여기 앉아 있던 사람 맞아요?"

여인은 깜짝 놀라며 눈을 휘둥그렇게 떴다.

"얼굴은 그런 것 같구나. 허허."

노인과 여인은 적우강의 백팔십도 달라진 모습에 눈을 떼지 못했다.

"애송이가 죽으려고 환장을 했군. 따라 나와라."

검사들은 일어선 자들이 전부가 아니었던 모양이다.

뒤쪽 탁자에서 서너 명이 더 일어서며 무려 열 명에 달하는 인원이 적우강을 노려보며 밖으로 나갔다.

"끙. 애송이, 마도에 몸담고 있나? 나를 돕는다고 해도 나는 안 넘어가."

막 적우강이 검사들을 따라 나가려 할 때 천잔수 나곤이 몸을 일으키며 귀찮다는 듯이 말했다. 그 모습을 보며 적우강은 픽 웃었다.

"나는 어디에도 속해 있지 않소. 단지 저들의 비겁한 행동이 마음에 들지 않아 나선 것뿐이오."

'어쭈? 제법인데?'

적우강의 당찬 대답에 천잔수는 의외라는 듯이 눈을 삐뚜름하게 떴다. 더구나 구대문파의 속가제자들에게 둘러싸여 밖으로 나가면서도 전혀 긴장하는 모습이 아니었다.

"아주 재미있는 녀석이 나타났는걸. 안 그렇소, 육양 상인?"

천잔수의 말끝이 적우강과 함께 있던 노인을 향했다.

육양 상인이라 불린 노인은 대답 대신 웃기만 했다.

"화산으로 저 걸물을 데려가서 뭘 하려는 거요, 육양 상인?"

"아무것도 하려는 것 없네, 천잔수."

육양 상인은 아무것도 모르겠다는 듯이 어깨를 으쓱거렸다.

"공동파의 제자로 삼으려는 모양인데, 저 정도 자신감 넘치는 녀석이 말을 따르겠소? 차라리 옆에 있는 하영령과 엮어주려는 거면 또 몰라도. 후후후."

탕!

"천잔수, 네가 죽고 싶은 게냐!"

여인 하영령은 천잔수의 말이 끝나기가 무섭게 탁자를 내려치며 빽 소리를 질렀다.

"령아, 왜 그렇게 화를 내는 게냐. 이보게, 천잔수. 별호를 이번 기회에 한번 바꿔보지 그러나? 귀견수? 그거 괜찮겠군. 내 속을 꿰뚫고 있어. 허허허."

육양 상인은 속내를 들켰다는 듯이 웃었다.

그 모습이 더욱 마음에 들지 않았던 모양이다.

"하, 할아버지!"

하영령은 당장이라도 주루를 뛰쳐나갈 것처럼 육양 상인에게 소리쳤다.

"아니, 이 할애비의 말은……."

막 육양 상인이 변명을 하려고 할 때였다.

콰콰콰!

거친 폭음이 밖에서 터졌다.

주루 안의 모든 사람들이 깜짝 놀란 표정으로 일제히 정문과 창문으로 밖을 내다봤다.

"허!"

육양 상인은 밖의 광경에 헛바람을 삼켰다.

적우강과 함께 밖으로 나간 검사의 수가 열 명이었다. 그 열 명의 검사들이 모두 쓰러져 있었고 적우강은 이미 사라진 후였다.

"저럴 수가……!"

육양 상인이 밖으로 나갔다.

검사들 중 멀쩡한 사람은 한 명도 없었지만 죽은 사람도 없었다. 다들 부러진 신체의 일부를 부여잡고 땅바닥을 구를 뿐이었다.

"정말 대단하구나. 령아, 네가 그토록 놀리던 적 소협의 솜씨다."

육양 상인의 말에 하영령은 조심스럽게 검사들을 살펴봤다. 하지만 이내 시큰둥해지고 말았다. 대부분 다치기는 했지만 죽은 사람이 없었기 때문이다.

"다들 살아 있는데요?"

"허……."

육양 상인은 하영령의 말에 기가 막힌 표정이 됐다.

"죽이는 것보다 이들의 뼈를 부러뜨린 것이 더 대단한 것이야. 이 대결을 공동파의 제자들에게 보여주지 못하는 것이 아쉽구나."

"그 사람이 그럼 대단한 고수라도 된다는 거예요?"

"글쎄다. 보지 않아서 잘은 모르겠지만 대단한 초식을 구사하는 사람은 맞는 것 같다."

짝짝짝!

천잔수가 박수를 치며 두 사람의 대화에 끼어들었다.

"맞습니다, 맞아요. 나도 그 녀석을 너무 낮게 평가한 것 같군요. 이런 황당한 짓을 할 줄은 몰랐군. 흐흐흐. 하 소저, 봐도 잘 모르겠지? 이 몸이 친절하게 알려주도록 하지. 저 뼈가 부러진 녀석들의 부위를 한번 따져 보시오. 어깨, 팔뚝, 팔목, 그리고 허리, 허벅지, 발목. 어떻소, 마치 물결 같지 않소?"

"무, 물결……. 정말 그런 것 같네……."

천잔수의 설명에 하영령은 자신도 모르게 고개를 끄덕였다.

"저런 수법은 아주 정확한 타격에 자신이 있을 때나 가능한 거요. 내공이 아무리 강해도 저런 녀석과 붙으면 상대하기 힘들지. 아무튼 재미있는 녀석이 나타났군. 육양 상인, 나랑

내기 하나 합시다."

"내기?"

"그 녀석이 화산에 온다, 안 온다. 나는 온다에 은자 백 냥을 걸겠소."

"허허허, 그럼 내기는 성립되지 않겠군. 적 소협이 올 테니까."

"크하하하!"

천잔수도 웃고 육양 상인도 웃었다.

중간에 서서 하영령만이 발을 동동 굴렀다.

적우강이 그토록 뛰어난 사람인 줄도 모르고 백면서생 취급을 했던 것이 생각난 까닭이다.

'그는 왜 모욕을 참은 거지?'

하영령은 자신의 얼굴이 붉어지는 것도 모르고 적우강의 얼굴을 계속해서 떠올렸다.

*　　　*　　　*

법문사(法門寺)를 찾는 것은 어렵지 않았다.

가대건과 해 질 녘에 만나기로 했으니 아직 시간이 남아 있었다. 괜한 시비에 말려든 것 같지만 기분은 나쁘지 않았다. 그런 일이 또 생긴다고 해도 나설 테니까.

"여기 있었군."

"……?"

적우강은 고개를 돌리다 깜짝 놀랐다.

천천히 앞에서 걸어오는 사람은 다름 아닌 천잔수였기 때문이다.

"어떻게……?"

"하오문의 정보력을 우습게보지 말라고. 섬서성 서안에서 자네를 찾는 것쯤은 일도 아니야."

천잔수는 앉으란 말도 하지 않았는데 자연스럽게 적우강의 옆자리에 앉았다.

"누굴 기다리나 보지?"

"사형이요."

"큭큭."

"……?"

적우강의 대답은 천잔수를 웃기려고 한 것이 아니었다. 왜 웃는지 몰라 어리둥절한 눈으로 쳐다보자, 천잔수가 고개를 절레절레 흔들었다.

"그렇게 순순히 대답을 했다가는 자네 사형이 위험에 빠질 수도 있어."

"무슨 말입니까?"

적우강의 표정이 삽시간에 차갑게 변했다.

주루에선 어떤 일에도 놀라지 않을 것 같던 사람이 갑자기 기세를 드러낸 것이다.

"이런, 놀란 모양이군. 미안. 놀라게 할 의도는 없었다. 사형제의 의리가 대단하군. 하나 조심해야 하는 건 사실이야. 자네는 이곳이 어디라고 생각하는 건가? 내가 설마 그깟 껄떡쇠들이 겁나서 손을 쓰지 않았다고 생각하는 건 아니지?"

"그럼요?"

"엥? 어이, 이봐. 그건 아니라고. 괜한 싸움에 휘말려서 구대문파를 적으로 돌리고 싶지 않았을 뿐이야. 자네처럼 되면 골치 아프거든."

"저요?"

"구대문파의 속가제자들을 반병신으로 만들어 버리고는 이제 와서 안 그랬다고 발뺌을 할 생각이야?"

"그들이 구대문파의 속가제자들이었나요?"

"…몰랐나?"

"예."

"큭. 이거 난리났군."

"걱정 마십시오. 제가 한 일, 제가 책임집니다."

적우강은 똑 부러지게 대답했다.

천잔수가 보기엔 대책없는 말이긴 해도 믿음이 가게 만드는 눈빛까지 더해지자 왠지 그럴 수도 있을 것 같았다.

"일단 자리를 옮겨서 얘기를 하는 게 어떤가?"

"저도 그러고 싶지만 이곳에서 사형을 만나기로 되어 있습니다."

적우강은 천잔수가 싫지 않았다.

구대문파의 속가제자들이란 자들의 위협을 받으면서도 조롱하는 눈빛을 보이던 모습이 무척이나 인상 깊게 보인 까닭이다.

"그래서 자리를 옮기자고 한 걸세. 나중에 자네 사형에겐… 혹시 자네 사형도 자네처럼 앞뒤가 꽉 막혔나?"

"제 사형은 저처럼 융통성이 넘치는 분입니다."

"크하!"

천잔수는 자신도 모르게 기분 좋은 웃음을 터뜨리고 말았다.

적우강은 천잔수에 대한 선입견이 전혀 없었다.

유쾌했다. 이렇게 유쾌한 대화를 나눈 적은 기억이 나지 않을 정도로 오래됐다.

"생김새를 알려주면 하오문의 식구들에게 알려서 데려오라고 하지. 일어나. 더 늦으면 나도 책임질 수 없어."

천잔수의 말에는 묘한 어감이 들어 있었다.

적우강은 잠시 천잔수를 쳐다보다가 자리를 털고 일어섰다.

서안에는 사람들이 많은 까닭에 주루 문화가 크게 번성해 있었다. 음주가무를 즐기는 향락객의 발길을 붙잡기만 해도 돈이 되는 장사라 너나 할 것 없이 달려들었다.

홍해루(紅海樓) 역시 그중 한곳이었지만 다른 주루들과 달리 자릿세에 대한 걱정은 없었다. 물론 이것은 하오문의 서안 분타라는 것이 공공연하게 알려지면서부터였다.

"오라버니, 어서 오세요."

적우강이 천잔수를 따라 홍해루로 들어가자 미녀들이 거의 반라의 몸으로 반겼다.

"귀찮게 구는 녀석들은 없고?"

"오라버니 덕분에 그런 녀석들 사라진 지가 언젠데요. 오늘은 저를 불러주시는 거죠? 어머, 이 귀여운 동생은 누구래요?"

기녀가 적우강을 보고 얼굴을 들이댔다.

적우강은 갑자기 다가오는 기녀의 행동에 놀라 뒤로 물러섰다가 얼굴까지 붉어지고 말았다.

"꺄아, 귀여워라!"

이번에는 한 명이 아니었다.

천잔수를 에워쌌던 기녀들이 일제히 비명을 지르며 적우강에게 달려들었다.

곤혹스러운 적우강은 어쩔 줄을 몰라 했다.

"이 친구, 보통 사람 아니다. 너희들이 전부 덤벼도 까딱하지 않으니까 함부로 굴지 마."

천잔수의 말에 기녀들이 반색을 했다.

천잔수는 무공에 대해 말을 했지만 기녀들은 엉뚱하게 받아들인 까닭이다.

"정말이에요? 그렇게 세요?"

"세지!"

"우리를 전부 상대할 정도로요?"

"그렇다니까."

"흐응, 잘생긴 데다가 강하기까지 하다니 구미가 당기는데요?"

여인은 혀를 살짝 내밀더니 입술을 훑었다.

적우강은 대화 내용보다 여인들의 적나라한 눈빛과 과감한 행동에 당황해서 아무 말도 하지 못했다. 이런 상황을 겪을 줄 알았다면 따라오는 것이 아니었다.

"이쪽일세."

"예!"

천잔수의 말이 끝나기도 전에 적우강은 재빨리 방으로 들어가 땀을 닦으며 앉았다.

그러나 아직은 안심할 때가 아닌 모양이다.

덜컹 문이 열리며 반쯤 가슴을 드러낸 여인이 들어왔다.

"나 대협, 오셨어요? 이분은…….."

"홍 분타주가 앞으로 잘 보여야 할 사람."

"정말요?"

"하오칠화가 전부 덤벼도 상대하지 못할 정도로 센 친구거든."

"오호! 저는 홍예랑이라고 해요. 소협은…….."

홍예랑은 상체를 숙이며 앉아 있는 적우강의 다리에 손을 대고 빤히 쳐다봤다.

"저, 적우강이라고 합니다."

"어머, 딱딱해라. 호호호!"

홍예랑은 적우강의 무릎을 양손으로 꾹 누르면서 한껏 만개한 표정으로 웃었다. 대단한 유혹이 아닐 수 없었다.

'따, 딱딱……'

적우강은 자신도 모르게 하체를 내려다봤다.

홍예랑의 나이는 이미 이십대 후반이지만 얼굴은 주안술이라도 익힌 사람처럼 이십대 초반을 유지하고 있었다. 그런 여인의 손이 총각의 무릎을 거침없이 다루니 당황할 수밖에.

"합!"

갑자기 적우강이 기합을 내질렀다.

천잔수와 홍예랑이 깜짝 놀라 쳐다봤다.

"후, 이런 곳엔 처음이라 어색하군요."

적우강은 자리에서 일어나 똑 부러지는 말과 함께 포권을 취했다.

"아이, 재미없어. 하오밀향도 안 통하면 어떻게 유혹하라고. 호호호."

그 모습에 홍예랑은 맥 빠진 듯 낮게 숨을 내쉬었다.

홍예랑의 말에 갑자기 천잔수가 헛기침을 해댔다.

"어쩐지 홍 분타주가 예뻐 보인다고 했지."

"뭐라고요!"

"흐흐흐, 정말이야. 한데, 자네는 홍 분타주를 보고도 아무렇지 않았는가?"

"그럴 리가 있나요. 정신을 차리려고 기합까지 넣었잖습니까."

적우강의 대답에 천잔수와 홍예랑이 할 말을 잃은 표정이 되고 말았다. 하오밀향은 적우강이 말하듯이 쉽게 떨칠 수 있는 향기가 아니었다.

인간의 말초신경을 자극하기 위해 만든 향인데, 떨치기 쉬우면 지금껏 사용하고 있지 않았을 것이다.

내공의 강약과 무관한 것으로 체내에 들어가는 즉시 머릿속으로 파고들어 다른 신경은 둔화시키고 오직 성(性)에 대한 작용만 촉진시키는 것이 하오밀향의 특성이었다.

그런 향기를 기합만으로 벗어난 것이다.

"한 분이 더 오신다는데 그분도 소협처럼 의지가 굳센가요?"

"그럼요."

적우강은 힘차게 고개를 끄덕이기는 했지만 머릿속으로는 전혀 엉뚱한 생각을 했다. 가대건이 하오칠화라는 여인들에게 빠져 헤롱거리는 모습이.

'아닐지도……'

"루주님, 손님을 모셔왔습니다."

밖에서 고운 목소리가 들려왔다.

"안으로 모셔라."

"한데 그것이……."

주저하는 목소리에 홍예랑은 인상을 쓰며 밖으로 나갔다가 금방 되돌아왔다. 그리고는 적우강을 향해 똑바로 서서 양손을 허리에 댔다.

"의지가 굳센 분이라면서요?"

"예?"

홍예랑을 따라 가대건이 있다는 곳으로 갔다.

방에 다다랐을 때 방 안에서 '꺅꺅' 하는 소리가 쉴 새 없이 터져 나왔다.

"무슨 일……."

적우강은 재빨리 방문을 열었다.

안에는 난리가 아니었다.

속곳만 입은 채로 가대건이 여인들을 쫓아다니고 있었다. 계속해서 비명을 지르는 것만 봐도 그것은 분명 괴롭히는 것이 맞았다.

적우강은 자신도 모르게 한숨을 내쉬었다.

"가 사형."

"오, 적 사제! 어서 와. 같이 놀자구."

"뭘 놀아요? 빨리 옷이나 입어요."

"이런 데 와서는 본전을 확실히 뽑아야 해. 얼마 주기로 했어? 응?"

가대건은 늘씬한 미녀들을 바라보다가 갑자기 엉덩이를 찰싹 때렸다. 어디서 들었는지 행동이 제법 거칠었다.

"홍 루주님, 죄송해요."

적우강이 머리를 매만지며 홍예랑에게 사과했다.

"호호호, 괜찮아요."

홍예랑은 겉으론 웃어주었지만 밖으로 나가는 여인들의 등을 쓰다듬어 주었다. 정중히 모시라는 지시만 아니었으면 벌써 나갔을 그녀들이 괜한 고생을 한 것이다.

"이 정도는 하오문에선 아무것도 아니랍니다. 상까지 차렸는데 그냥 가긴 뭐하죠. 잘됐네요. 여기서 얘기들 나누세요."

홍예랑이 뒤쪽의 천잔수를 돌아봤다.

천잔수는 미안한 듯 머리를 긁적였다.

그 역시 홍예랑을 함부로 대할 순 없었다.

"괜찮아요. 하오문을 위해서 목숨도 서슴지 않고 내놓는 분께서 겨우 이런 일로 미안해하시면 안 돼요."

천잔수를 향한 그녀의 눈에는 신뢰가 가득했다.

그만큼 천잔수가 하오문에서 차지하는 비중이 높다는 뜻이었다.

"할 말이 있었던 것은 아닌데 홍 분타주 때문에 뭔가 말을 해야겠군."

"어머! 호호호!"

"천잔수 나곤이라 하네. 이름은 이곳에나 와야 부르니 그냥 천잔수라고 부르게."

천잔수는 가대건에게 말을 건넸다.

"아… 천잔수."

"그렇다고 말을 놓으라는 건 아니고."

"그, 그럼요. 천잔수 대협. 헤헤, 헤헤헤."

가대건은 상황이 이상하게 돌아가는 것을 보고서 사태 파악에 최선을 다하고 있었다. 그 모습은 무척이나 진솔해서 오히려 순진하게 보였다.

"이름이……."

"가대건입니다. 적 사제의 사형이죠."

"크큭, 재미있는 사형제간이군. 두 사람 정도의 실력이면 한 번 힘으로 밀어붙일 만도 할 텐데 말이야."

천잔수의 말은 진심이었다.

적우강이 방문을 열었을 때 가대건은 적우강을 보지 않고 천잔수와 홍예랑을 쳐다봤다. 이미 방문 앞에 적우강이 와 있다는 것을 안다는 뜻이었다.

"적 사제가 저를 위해 만든 자리인 줄 알고 그랬던 거지… 여자들을 괴롭힐 의도는 없었습니다. 쩝."

가대건은 변명을 하면서도 아쉬운지 입맛을 다셨다.

그 모습이 어쩌나 진솔한지 홍예랑은 목젖이 보일 정도로 크게 웃었다.

"정말이라니까요."

"알았어요. 호호호! 그래도 조금 전과 같은 상황이 다시 오면 또 그럴 거잖아요. 그죠?"

홍예랑은 슬쩍 눈웃음을 치며 가대건을 바라봤다.

가대건의 대답은 조금의 망설임도 없었다.

"당연하죠. 그때는 두 분이 오기 전에 끝냈을 겁니다."

가대건의 꾹 쥔 주먹이 단단해 보였다.

정말로 아까워하는 것 같았다.

"가 사형."

"물론 말이 그렇다는 거야. 하하하!"

가대건은 금방 표정을 풀며 웃었다.

"호호호! 아쉽네요. 얘기 끝나면 술자리를 가질까 했는데."

"아쉬울 것 없습니다."

"오, 강한 모습."

"제 특기가 바로 적 사제를 설득하는 거거든요. 시간만 알려주면 그 시간까지 무슨 일이 있어도 설득을 하겠습니다. 애써서 준비한 약속을 취소시켜서는 안 되죠. 몇 시죠?"

가대건의 표정이 무척이나 진지했다.

그 모습이 어찌나 웃긴지 홍예랑은 배를 움켜쥐며 한참 동안 웃고 말았다. 실례일 수도 있는 반응이었으나 오히려 가대건은 멍한 표정으로 홍예랑에게서 눈을 떼지 못했다.

한 번도 경험하지 못한 감정이 심장을 요동치게 만들었기 때문이다.

　웃고 있는 저 입술이며 배를 움켜쥐었음에도 불구하고 요동치는 저 가슴.

　순진한 총각의 가슴에 불을 제대로 지피고 있었다.

　'끙.'

　홍해루 일층.

　가대건에 의해 잡혀 있던 기녀들이 우르르 나오자 아래에서 인상 험악한 자가 점소이를 불러 물었다.

　"저기에 누가 있기에 예쁜 여자들이 무더기로 쏟아져 나오는 거냐?"

　점소이는 아는 것이 없었지만 대답하지 못할 때 일어날 수 있는 최악의 가능성을 떠올리며 급히 총관에게 물어보겠다며 달려갔다.

　"총관님, 저 방에 계신 분이 누굽니까?"

　"왜?"

　"저 아래 보이시죠? 저자들이 물어서……."

　점소이가 가리킨 자들을 바라보던 총관은 한눈에 그들의 정체를 알았다.

　마중천이 중소 문파를 흡수하기 위해 만든 사각에 속한 자들이었다. 하지만 신분은 그리 높은 자들이 아니었다.

　"루주님의 손님이라고 해."

총관의 말을 들은 점소이는 쏜살같이 달려가 말을 전했다.
총관은 자리에 앉은 자들의 시선이 자신을 향하는 걸 느꼈지만
크게 걱정은 하지 않았다. 적어도 그들이 일제히 자리에서 일
어나 누군가를 향해 구십 도로 허리를 숙일 때까지는 그랬다.

"루, 루주님!"
밖에서 다급히 홍예랑을 찾는 목소리가 들렸다.
홍예랑은 가대건이 적극적으로 들이대는 바람에 무척이나
즐거운 시간을 보내고 있었다.
이십대 후반이면 기루에선 나이가 든 축에 속하지만 홍예
랑은 기녀 출신이 아니었다. 홍해루의 관리를 위해 하오문에
서 데려온 여인인 것이다.
"잠깐 자리를 비울게요."
홍예랑이 아쉬운 듯 자리에서 일어났다.
"제가 도와드릴 일이라도…….."
가대건이 홍예랑을 쫓아갈 기세로 일어났다.
"아니요. 금방 올게요, 가 소협."
홍예랑은 슬쩍 가대건의 손을 잡았다 놓으며 한쪽 눈을 찡
긋했다.
순간, 가대건은 그 자리에서 굳고 말았다.
말리기엔 늦은 것 같았다.
"에구, 가 사형…….."

적우강의 걱정스러운 표정에 같이 있던 천잔수가 웃었다.

"큭큭, 홍 분타주가 알아서 할 테니 내버려 두게. 좋잖아. 저 행복한 얼굴을 보라구. 흐흐흐. 나는 오히려 저런 행복을 못 느끼는 자네가 불쌍하네."

"예?"

"남자가 여자를 찾는 건 당연한 거야. 자네 사형은 그 점에 선 솔직하군. 홍 분타주도 그런 점에 호감을 느끼는 것 같기도 하고. 우리 하오문의 꿈이기도 하지. 모든 사람들에게 행복을 주는 대가로 약간의 돈을 버는 것. 멋지지 않나?"

"……."

적우강은 천잔수를 빤히 쳐다봤다.

무척이나 어려운 말이었으나 악의는 느껴지지 않았다. 무엇보다 홍예랑이 가대건을 싫어하지 않는다는 말이 안심하게 만들었다.

"자네 사형은 홍 분타주가 알아서 할 테니 자네는 모른 척하고 가만히 있으면 돼. 그나저나 웬만해선 자리를 비울 사람이 아닌데……."

막 천잔수의 말이 끝났을 때였다.

우당탕탕!

탁자 부서지는 소리가 밖에서 들렸다.

第二章
수라검귀

쫙! 쫙!

채찍이 한 번씩 휘둘러질 때마다 기녀들이 비명을 질렀다.

한 사내의 손에 들린 채찍이 기녀들의 몸만 다치지 않게 옷을 찢어버렸기 때문이다.

"꺅!"

"쿠헤헤."

부리부리한 눈과 뾰족한 수염을 흔들며 흐드러지게 웃는 자는 뒤를 돌아보며 자신의 부하들에게 호응하라는 무언의 강요를 했다.

"역시 금사편입니다."

마중천의 무리는 주루 안의 손님들을 몰아내고 나서 금사 편 봉교를 향해 찬사를 아끼지 않았다. 채찍 한 번에 탐스러운 기녀들의 속살이 드러나는 걸 거부할 이유가 없었다.

"누구신가 했더니 금사편 봉 대협이셨군요. 안 그래도 근처에 오시면 초대하려고 했는데 잘 오셨네요. 아이들이 마음에 들지 않으세요?"

홍예랑은 계단을 내려오며 요염한 웃음을 지었다.

일이 벌어지기 전에 막아라.

막지 못했다면 인정하고 받아들여라.

홍예랑의 홍해루 운영 원칙이었다.

"쿠헤헤, 마음에 든다. 그래서 즐기고 있잖느냐."

"호호호, 봉 대협이 마음에 드신다니 영광인걸요? 이층으로 올라가셔서 마저 여흥을 즐기시는 건 어떠세요?"

홍예랑은 감정의 동요 없이 이층을 가리켰다.

봉교의 뒤에서 지켜보던 자들의 눈에 감탄이 어렸다.

이곳이 하오문의 분타라는 걸 알고 찾아왔다는 것을 알면서도 전혀 내색하지 않는 홍예랑의 태도에 놀란 것이다.

"쿠헤헤, 네가 직접 시중을 든다면 생각해 보마."

"당연하죠. 호호호!"

홍예랑이 유혹하는 손짓으로 따라오라고 하자, 봉교는 상기된 표정으로 정신없이 따라갔다.

"따라가면 안 됩니다. 일마께서 내리신 명령을 잊으셨습니까?"

뒤쪽에서 붕교에게 소리쳤다.

"쿠헤헤, 걱정 마라. 급한 것부터 해결하고."

붕교는 뒤도 안 돌아보며 대꾸하고는 부리부리한 눈으로 홍예랑의 씰룩거리는 엉덩이를 바라봤다. 그리고는 곧장 다가가 두툼한 손으로 주물러 댔다.

"성격도 급하시지."

홍예랑이 슬쩍 몸을 빼내며 훅 하고 입김을 불었다.

그러자 붕교는 아예 안아버리며 정신 나간 표정이 됐다. 하오밀향에 즉각적으로 반응한 것이다.

그때였다.

"홍 루주를 놔줘, 이 돼지새끼야!"

쉭.

날카로운 검기가 붕교의 머리를 향해 날아왔다.

당연히 피해야 하는 상황이었다.

그러나 붕교는 날아오는 검기를 향해 오른손을 들 뿐이었다.

팡!

가죽 공 터지는 소리와 함께 검기는 흔적도 없이 사라졌다.

"웬 놈이냐?"

붕교는 여전히 홍예랑을 안은 채였다.

"가만히 두면 될 것을. 쩝. 자넨 사형을 불러서 피하게. 여 긴 우리가 알아서 할 테니."

천잔수는 머리를 긁적이며 입맛을 다셨다.

홍예랑이 붕교를 상대하는 건 일도 아니었다.

하오밀향을 마신 뒤 하오밀주 한 잔이면 천하 없는 장사라 도 뻗을 수밖에 없다. 그런 쉬운 방법을 가대건이 무산시킨 것이다.

"아니요. 사형이 나선 순간 우리 일입니다."

"이봐, 저들이 누군지나 알고 나서……."

"저들이 누군지 중요하지 않습니다. 그런 것보다는 사형이 나선 것이 중요해요."

"큭, 저들은 마중천이야. 비록 떨거지들이지만."

멈칫.

적우강의 신형이 거짓말처럼 제자리에 멈춰 섰다.

천잔수는 입가를 묘하게 비틀었다.

"마중천… 이라고요?"

"그래. 그러니… 어? 이봐!"

당연히 물러설 줄 알았던 천잔수는 적우강이 오히려 더욱 과감하게 나서자 당황해서 소리쳤다.

"붕 대협, 신경 쓸 것 없어요. 그냥 올라가세요."

홍예랑은 붕교를 양팔로 끌어안으며 가대건에게 비키라는

눈짓을 보냈다. 하지만 한 사람이 더 붕교의 앞을 막아섰다.

'적 소협은 또 왜 나서는 거야.'

홍예랑의 얼굴이 완전히 일그러지고 말았다.

적우강이 가대건의 옆에 나란히 섰다.

이렇게 되자 아래쪽의 마중천 무리는 신이 났다.

그동안 마중천은 하오문을 예속시키기 위해 수도 없이 노력했으나 매번 실패했다. 분타들을 아무리 없애도 하오문은 사라지지 않으니 위협이 되질 않았다.

그러다 하오문주의 오빠인 천잔수 나곤의 행적이 이곳으로 향했다는 것을 알게 됐고, 그를 잡아 하오문주 나예린을 협박하기 위해 이곳으로 쳐들어온 것이다.

이런 사실을 하오문이 모를 리 없었다.

홍예랑은 이미 마중천의 무리가 들어왔을 때부터 어떻게 처리할지 생각하고 있었다.

성숙일마가 직접 나서지 않아 다행이라 여기고 있는데 갑자기 적우강과 가대건이 나선 것이다.

"쿠헤헤, 네가 아는 녀석들이냐?"

"호호호, 그럴 리가요. 이봐요, 두 분. 술이나 얌전히 먹고 돌아가세요. 이분이 누군 줄 알고 객기를 부리는 거예요? 어서 나왔던 방으로 돌아가세요."

"아니, 아니. 그럴 필요 없다. 거기 가만히 서 있어라. 금방 죽여줄 테니."

붕교는 홍예랑을 왼손 하나로 안고서 오른손을 들어 올렸다.

좌악!

그의 오른손에서 금빛이 번쩍이며 독사가 적우강과 가대건을 휘감는 것 같았다.

'어쩐다?'

홍예랑은 선택해야 했다.

이대로 가만히 있을 것인가, 아니면 두 사람을 구하기 위해 무공을 드러내야 할 것인가.

결정은 빨랐다.

그녀가 막 붕교의 목에 감긴 팔을 풀려고 할 때였다.

땅!

맑은 소리와 함께 붕교의 금사편이 튕겨 나왔다.

독사의 혀처럼 허공에서 날름거리며 날아가던 금사편을 적우강이 너무도 가볍게 튕겨내고는 홍예랑을 바라봤다.

"홍 루주님, 그자에게서 떨어지세요."

적우강의 말은 마치 홍예랑 때문에 붕교를 공격하지 못했다고 하는 것 같았다.

홍예랑은 자신도 모르게 반사적으로 붕교의 몸에서 떨어졌다. 막 붕교의 몸에서 벗어났을 때 뒤쪽에서 소름 끼치는 음향이 들렸다.

좌악!

무언가가 갈라지는 깨끗한 소리였다.

"끄륵……."

"……!"

홍예랑은 뒤를 돌아보기가 두려웠다.

적우강이 보이질 않았다.

눈을 돌려 가대건을 찾았다.

가대건은 뭔가 못마땅하다는 듯이 인상을 쓰고 있었다.

이상함을 느낀 홍예랑은 그제야 눈을 돌렸다.

"어머!"

붕교의 몸이 반으로 갈린 채 계단 위에 있었다.

"마중천의 개들이 한 명도 도망가지 못하도록 문을 닫아!"

천잔수가 이층에서 떨어져 내리며 급히 소리쳤다.

그의 손은 어느새 회색빛으로 물들어 있었다.

쩌그덩.

마중천의 무리 중 한 명이 그의 손에 맞고서 그대로 날아갔
다. 적우강은 그 모습에 은근히 가슴이 뜨거워졌다. 뛰어내리
긴 자신이 먼저 뛰어내렸는데 적을 공격한 것은 천잔수가 먼
저였다.

"가 사형!"

"가고 있다고요."

적우강의 외침에 가대건은 계단을 한달음에 내려온 후 천
잔수를 합공하려는 마중천의 무리를 공격했다. 그리고는 적

우강과 함께 천잔수의 앞을 가로막았다.

"뭐 하는 거야!"

"아까도 말했죠. 이건 우리 일이에요. 우리가 시작했으니 우리가 끝냅니다."

적우강은 말을 끝내기가 무섭게 검을 뻗었다.

쉭!

"이게 무슨 장난······."

천잔수는 버럭 화를 내려다 말끝을 흐리고 말았다.

적우강이 마중천의 무리를 공격하는 모습을 본 까닭이다. 바로 앞에서 보지 않았다면 정말이지 믿지 못할 광경이었다.

적우강의 공격은 평범했다.

그러나 한 번에 한 명씩 베고 있었다.

마중천의 무리는 누구도 적우강의 검을 피하지 못했고 막지도 못했다. 이런 현상은 적우강보다 덜 깨끗하긴 해도 가대건에게도 일어났다.

현천삼식인 발현, 잠둔, 미리반천이 한 동작에 모두 펼쳐지며 만들어낸 환상적인 장면이었다. 현천일검을 완성한 두 사람은 정신없이 적을 베어갔다.

"흐응, 대단한데?"

이층 계단에 서서 두 사람의 싸움을 지켜보는 홍예랑의 얼굴에는 웃음이 어려 있었다.

적우강의 실력이야 천잔수가 데려왔을 때 어느 정도 짐작을 했지만 가대건의 실력도 훌륭했다.

그러나 좋아하고만 있을 때가 아니었다.

이 싸움으로 인해 얻은 것보다는 잃은 것이 더 크기 때문이다.

'여기도 끝이군.'

하오문 서안 분타는 오늘부로 사라지게 되는 것이다. 물론 지금까지 그래 왔듯이 내일이면 다른 곳에 자리를 잡겠지만.

싸움은 오래가지 않았다.

적우강과 가대건의 눈부신 활약으로 인해 천잔수가 손을 쓰지 않아도 되는 상황이 됐고, 붕교와 십여 명의 무리는 바닥에 누워 일어서지 못했다.

"흐흐흐, 제법이군. 아까는 뼈를 부러뜨리고 말더니 이번엔 아주 끝장을 냈군. 마중천에 무슨 원한이라도 있나?"

천잔수는 진심으로 두 사람의 실력에 감탄했다.

그러나 칭찬을 들었음에도 적우강과 가대건의 얼굴에는 씁쓸함이 가시지 않았다.

"정말로 뭔가 있는 게 분명하군. 쩝. 묻지 않지. 어차피 그럴 시간도 없고. 우린 이곳을 정리하고 잠적할 생각인데 두 사람은 어쩔 생각이지?"

"잠적이요?"

"누가 올지 몰라도 이들과는 비교할 수 없는 고수가 곧 들이닥칠 거야. 아주 귀찮은 일이지."

천잔수는 나름대로 두 사람을 배려하기 위해 한 말이었다.

두렵지는 않지만 귀찮다?

묘하게 귀에 박히는 말이었다.

"어쩌죠, 우린 찾을 사람이 있어서 가봐야 할 것 같은데요?"

"쩝. 도움을 주고 싶어도 상황이 이래서……."

천잔수는 슬쩍 계단 쪽을 쳐다봤다.

하오문의 정보력을 움직이는 힘은 하오문주도 아니고 장로도 아니었다. 홍예랑은 천잔수와 눈이 부딪치자 낮게 한숨을 내쉬었다.

"가 소협, 이리로 와서 찾는 사람의 인상착의 좀 알려줄래요? 식구들에게 물어보려고요. 예?"

홍예랑은 손가락을 요염하게 끌어당겼다.

가대건의 눈이 번쩍였다.

"옙!"

큰 소리로 재빨리 대답한 가대건은 곧바로 이층을 향해 돌진했다.

그 빠른 행동에 지켜보던 적우강은 입을 떡 벌렸다.

"놀라긴. 홍 분타주가 봉교에게 안겨 있을 때 자네 사형이 달려나간 것을 보면 모르겠나?"

"뭘요?"

"……."

천잔수는 적우강이 아무것도 모른다는 표정으로 쳐다보자 이내 낄낄대며 웃었다.

"아닐세. 그나저나 몇 할이었나?"

"예?"

적우강은 홍예랑에 관해 얘기를 하다가 갑자기 화제를 바꾸는 바람에 어리둥절해했다.

"조금 전 싸움에서 사용한 힘 말이야."

"당연히 전력을 다했죠."

"솔직히."

"전력을 다했어요."

"그럼 정도의 떨거지들을 상대할 때는?"

"역시 전력을 다했죠."

적우강은 의심스러운 눈으로 바라보는 천잔수에게 왜 그러느냐는 듯이 어깨를 으쓱해 보였다.

"자네는 마도도 아니고 정도도 아니란 말인가?"

"그런 건 모르고요, 한 가지는 분명해요. 마도든 정도든, 우리만 안 건드리면 우리도 안 건드린다는 것."

적우강은 생각할 것도 없다는 듯이 대답했다.

적아의 구분은 이미 점창파가 사라졌을 때 무의미해졌다. 지하 밀실에서 생활하며 그렇게 지내왔고 앞으로도 바뀌지 않을 것이기 때문이다.

"우리라면, 자네 둘?"

"아닐지도 모르죠."

"흐흐흐, 비밀이 많군. 하나 그 실력이 전부라면 이번 군웅 대회에서 우승하긴 힘들겠어."

화산군웅대회를 가리키는 말이었다.

적우강은 낮은 한숨을 내쉬며 고개를 저었다.

"나갈 생각도 없어요."

"그렇지 않을걸."

"정말 나갈 생각 없어요."

"사람 찾는다며?"

"예."

"한데, 왜 안 나가? 군웅대회만큼 사람 찾기 쉬운 곳이 어디 있다고. 자네가 찾는 사람이 무공을 익히고 있다면 당연히 군웅대회에 오지 않겠어? 거기서 자네가 유명해져 봐. 만나는 건 시간문제지."

"……."

일리가 있었다.

적우강은 그 생각을 하지 못한 자신의 머리를 툭 쥐어박았다.

찾는 사람은 당연히 사형들이었다.

과연 몇이나 살아 있을까?

살아만 있다면 당장이라도 달려가 만나고 싶었다.

"찾는 사람이 누군지 물어봐도 돼?"

"그런 사람들이 있어요. 아주 그리운 사람들이."

적우강의 표정이 깊어졌다.

몇 년을 함께 지낸 사형들을 떠올리자 저절로 드러난 표정이었다.

"크큭, 요즘도 그런 말을 쓰나?"

천잔수는 관심없다는 듯이 말을 하고는 손가락 두 개가 잘린 손을 주억거렸다.

탁.

방으로 들어온 가대건은 본능적으로 문을 닫았다.

혹시나 홍예랑이 속마음을 읽은 것은 아닌지 걱정돼서 심장이 마구 뛰었다. 하지만 홍예랑은 살짝 뒤를 돌아봤을 뿐 아무런 말도 하지 않았다.

'다행히 눈치를 못 챘구나. 휴우.'

가대건은 손으로 심장을 몇 번 두드렸다.

"뭐 해요?"

"예?"

"……."

"……."

홍예랑은 자리에 앉기 전에 슬쩍 의자 등받이에 기대섰다.

"찾는 사람들이 누군지 이리 와서 알려줘야 알 것 아니에요?"

"아! 그, 그렇죠. 그럼요. 가야죠."

가대건은 탁자로 급히 가서 앉았다.

정면의 개미처럼 가는 홍예랑의 허리에 시선이 닿았다. 급히 시선을 올리고 보니 이번엔 두 개의 볼록하게 솟은 봉우리에 닿고 말았다. 붉어진 얼굴로 다시 위를 쳐다봤다.

뜨악!

홍예랑이 배시시 웃는 얼굴로 가대건을 보고 있었다.

"왜 그렇게 땀을 흘려요. 하긴, 이 안이 좀 덥죠?"

홍예랑은 반쯤 드러난 가슴을 받쳐 준 옷을 흔들며 바람이 들어가도록 만들었다.

꿀걱.

"더, 더우면 버, 벗으세요."

가대건은 붉어진 얼굴로 자신이 무슨 말을 하는지조차 모르고 말했다.

"어머! 호호호!"

"아! 그, 그게 아니라……."

홍예랑의 웃음으로 그제야 가대건은 말실수를 했다는 걸 깨달았다. 막 변명을 하려는 가대건의 입을 홍예랑은 과감한 행동으로 막았다.

툭.

바닥에 옷자락 떨어지는 소리였다.

"거, 거긴… 아랜데……."

더우면 상의를 벗으라는 뜻이었지 하의를 벗으라는 말은
아니었건만.

"헙!"

가대건의 입을 덮어버린 향긋한 입술로 인해 더 이상은 말
이 이어지지 않았다.

홍해루의 현판에 아슬아슬하게 붙어 있던 새벽이슬이 떨
어졌다.

"용감한 사형제가 가는구나."

천잔수는 멀어지는 적우강과 가대건을 보며 아쉬운 듯 입
맛을 다셨다. 그 모습은 마치 먹고 싶기는 하지만 막상 먹기
엔 부담되는 것처럼 보였다.

"아쉬우면 잡으세요. 저들 정도의 실력이면 하오문에 큰
도움이 될 것 같은데……."

홍예랑은 평소의 천잔수답지 않은 모습을 의아한 눈으로
쳐다봤다.

천잔수의 또 하나의 신분은 바로 하오문의 총호법이었다.
문주 자리를 여동생에게 주고 모든 일을 총괄하는 자리인 총
호법을 맡아 내부와 외부를 조율하고 있었다.

"하오문이 품을 그릇이 아니야."

"예? 나이에 비해서 무공이 세긴 하지만 아직 어린……."

"어리지 않아. 언제고 큰일을 낼 녀석이야, 적우강이란 녀

석은."

'가대건은 어리던데…….'

홍예랑은 진지한 대화에 갑자기 가대건의 모습이 떠오르자 웃음을 참기 위해 급히 어금니를 깨물어야 했다. 가대건의 서투른 행동이 떠오른 까닭이다.

"하오문으로는 녀석을 받쳐 주기 힘들어. 모험을 걸기엔 녀석의 능력이 어느 정도인지 파악이 안 되고, 장래를 생각하자니 잡기는 해야겠는데. 결정을 내리기 힘들 때는 차라리 인연을 만들고 지켜보는 것이 낫지. 그렇지 않나, 홍 분타주?"

"그럼요."

천잔수가 저런 말을 한 적이 있던가?

홍예랑이 기억하기로는 처음이었다.

"구대문파의 속가제자들이 저 녀석의 손에 뼈가 부러졌고 마중천의 붕교가 반으로 잘렸다. 정도도 아니고 마도도 아닌 거야. 마치… 우리 하오문 같지 않나? 우리는 우리로서 존재하면 그만인데 다른 곳에선 자신들처럼 되라고 난리지. 크흐흐. 아무튼 저런 배포를 가진 녀석은 정말 오랜만이야. 저 나이 또래에선 처음이고. 머지않아 대단한 녀석이 될 거야. 우리를 위해서도 그렇게 되어야 하고."

현 강호에서 구대문파와 마중천을 적으로 만들 정도의 배포를 가진 세력은 아무도 없었다. 물론 한 개인으로선 더더욱 그랬다. 그런 두 개의 세력을 모두 건드린 괴짜가 강호에 나타난 것이다.

"총호법님의 느낌은 한 번도 틀린 적 없잖아요. 그렇게 될 거예요."

"그런가?"

"그럼요. 느낌대로 안 되면 우격다짐으로 밀어붙이실 거잖아요. 호호호! 일단은 저 두 사람이 찾는 자들이 누군지 조사해 봐야겠어요."

"한 명이 아니고?"

"예. 가 소협이 설명해 준 사람은 두 명이에요."

"흠, 두 명의 인상착의를 듣느라 그렇게 오래 있었던 모양이군. 이건 내 느낌인데 말이지……."

뜨끔.

홍예랑은 천잔수가 어제 가대건과 있었던 일에 대해 말을 할 것이란 예감이 팍팍 들었다.

"느낌은 하루에 한 가지만 가지세요. 우린 움직이지 않나요? 어느 쪽으로 갈까요, 총호법님?"

"호호호."

"또 저 음흉한 웃음. 총호법께서는 그 웃음만 고치면 여자들이 줄을 설 거예요."

홍예랑이 먼저 돌아섰다.

그 모습이 무척이나 새침해 보였다.

새벽은 더 이상 두 사람을 기다려 주지 않고 내달려 붉은 구름을 거느린 날을 끌어왔다.

*　　　*　　　*

"마중천이 하오문을 또 공격했다며?"

"이번엔 어디래?"

"홍해루가 하오문 서안 분타였다고 하더군."

"서안? 서안의 그 홍해루가?"

"나도 일이 터지고 나서야 알았어."

서안에서 화산으로 가기 위해서는 여산(驪山)을 통과해야
했다.

대화는 긴 행렬 중 한곳에서 나왔다.

화산무림군웅대회가 코앞으로 다가오면서 사람들의 행렬
은 상상을 불허할 만큼 길어졌다.

튀어나온 대화는 삼 일이나 지난 얘기였지만 마중천과 하
오문의 묘한 숨바꼭질이 너무도 유명한 탓에 행렬 이곳저곳
에서 흥미를 보였다.

"구대문파에서도 이번 일을 알겠지?"

"당연하지."

"서안은 화산파와 종남파의 영역이잖아. 일이 터졌는데 아
무도 그들에 대한 얘기는 없네?"

"창피하니 쉬쉬하는 거겠지. 그나저나 마중천의 무리를 해

치웠다는 그 검귀란 자는 누구야?"

"나도 몰라. 들은 얘기로는 이십대 초반이라고 하던데?"

"겨우?"

말고삐를 틀어쥔 두 사람의 대화는 옆에서 물끄러미 바라보는 사람들에 의해 끊어졌다.

그들의 뒤쪽으로 십여 명은 족히 탈 수 있는 마차에서는 또 다른 얘기가 이어지고 있었다.

"사람들은 너무 단순해."

키 작고 뚱뚱한 체격의 중년인이 콧방귀를 뀌었다.

"왜?"

"저 사람들은 지금 검귀라고 불리는 자에 대해서만 궁금한가 봐. 나는 수라검이 더 궁금한데 말이지."

"수라검?"

"아 왜, 삼 일 전에 구대문파의 속가제자 십여 명의 뼈를 똑똑 부러뜨린 자 말이야."

"그런 자가 있었어?"

"그때 주루에 있던 사람한테 직접 들은 얘기니까 아마 정확할 거야. 천잔수 알지, 하오문의?"

"알지."

"그자를 혼내겠다고 구대문파의 속가제자들이 껄떡댄 모양이야. 천잔수도 예전 같지 않다더군. 천잔수, 한 방이면 해결될 일을 끝까지 참고 있더라는 거야. 한데, 수라검이 나타나서는 천잔수한테 까불지 말라며 해치웠잖아."

"이야! 구대문파의 속가제자들이라면 실력도 제법 있을 텐데 혼자서 해치운 거야?"

"그렇지. 그래서 검귀란 자가 아무리 날고 기어도 수라검에겐 못 당한다고 한 거야."

"한데 사람들은 왜 검귀에 대해서만 말을 하는 거지?"

"어이, 자네 머리는 장식품이야? 우리가 지금 어딜 가고 있나?"

"화산."

"화산은 정도야, 마도야?"

"정도."

"그래서 검귀 얘기만 나오는 거야."

키 작고 뚱뚱한 사내는 거드름을 피우며 입을 닫았다. 그러자 더 말해달라며 친구가 괴롭히기 시작했고, 늘 있는 일처럼 말싸움으로 번졌다.

두 사람의 앞.

청년 둘이 서로의 얼굴을 마주 보며 어색하게 웃었다.

적우강과 가대건이었다.

짐을 싣는 데 사용하는 것 같은 마차는 넓었으나 탄 사람은 겨우 네 명이 전부였다.

"천잔수?"

가대건이 사람들의 얘기가 뭐냐는 듯이 물었다.

"가 사형이 다른 사형들에 대해 알아보겠다고 갔을 때 만났어요."

"그럼 수라검이……."

"아마도 저겠죠."

"마중천 놈들과 싸울 때도 걱정돼서 혼났는데 그전에 이미 한 번 더 싸운 거야? 몸은 괜찮아?"

"무리해서 상대할 사람들이 아니었어요. 그리고 마중천 놈들을 상대할 때는 없던 힘도 생겨요."

"그래서 걱정하는 거야."

적우강의 성격은 이 년 전 점창파가 멸문당할 때 바뀌었다. 가대건은 마마대공에 의해 죽을 뻔한 적우강을 어떻게 살려야 할지 몰랐다.

그렇다고 의원을 찾겠다고 뛰어다닐 형편도 아니었다. 결국 지하 밀실에 있는 약초 냄새가 나는 것들을 죄다 먹이고 말았다. 지금도 그 때문에 살아난 줄로만 믿고 있었다.

"괜찮아요."

"이건 사형으로서 하는 충고니까 명심해. 적 사제는 지금 온전한 몸이 아니야. 특히 마중천 놈들을 상대할 때는 더 조심해야 돼."

"아니요. 마중천 놈들을 응징할 때는 몸이 어떻게 되든 상관없어요."

적우강의 눈빛이 차갑게 가라앉았다.

마중천이란 이름만 생각해도 온몸이 뜨거워졌다.

서벽풍, 홍만, 여불범.

그들은 부모와 친형들이었다.

"한 번 죽었다 살아난 걸로 부족해? 벌써 잊은 거야? 몸이 회복되면 그때 복수를 해도 늦지 않아."

"하하하! 알아요. 그래서 마중천으로 곧장 쳐들어가지 않고 참는 거잖아요."

"그래서 고마워하고 있어."

가대건은 이 한마디에 모든 것을 담았다.

점창파가 멸문하고 사형제들이 죽고 문주까지 죽은 상황에서 가대건이 살아야 했던 이유는 오직 하나, 적우강을 살려야 한다는 생각뿐이었다.

적우강 역시 그것을 알기에 고집을 부리지 않는 것이다. 더이상 소중한 사람을 잃을 수 없기에.

"······."

"······."

두 사람은 말없이 더 많은 말을 나누었다.

덜컹거리며 마차가 흔들릴 때마다 주위 경물이 지나갔다.

'응?'

적우강의 눈에 길 위쪽으로 빠르게 움직이는 그림자들이 보였다.

그들의 아래쪽, 마차 한 대가 태평하게 바퀴를 흔들며 덜컹

거리고 있었다.

　밖으로 흘러나온 머리카락을 정돈하며 집어넣는 손이 보였다. 그 손을 보지 않았으면 몰라도 본 이상 그냥 넘어갈 수 없었다.

　"사형, 저 잠시 자리 좀 비울게요."

　"어딜 가는데?"

　"주루에서 만났던 분들을 좀 보고 와야겠어요."

　적우강은 마차에서 내린 뒤 곧장 사람들을 앞지르며 나름 화려한 한참 앞쪽의 마차로 다가갔다.

　"엄청난 행렬이네요."

　하영령은 창문 밖으로 날리는 머리를 잡아 끈으로 묶었다. 끝이 보이지 않을 정도로 길게 이어진 행렬에 지루함을 느껴 창문을 열었다가 바람에 날린 것이다.

　마차 내에는 육양 상인과 하영령, 그리고 구대문파의 후기지수들이 함께 타고 있었다.

　여섯 명이나 되는 남자들은 하영령의 손짓 하나에도 촉각을 곤두세우고 있었다.

　"어디가 불편하십니까, 하 소저?"

　종남파의 후기지수 중 뛰어난 평가를 받고 있는 하조천이 먼저 입을 뗐다.

　"아니요."

하영령이 냉랭한 목소리로 대답했다. 아니, 누가 들어도 그렇게 들리는 목소리로 대답했다.

말 꺼냈다가 본전도 찾지 못한 하조천은 머쓱해져서 재빨리 대화 상대를 바꿨다.

"육양 상인께선 수라검에 대한 소문을 들으셨습니까?"

"수라검?"

"구대문파의 속가제자들 뼈를 부러뜨린 잔악무도한 놈 말입니다."

"아!"

그 자리에 있었는데 육양 상인이 모를 리 없었다.

더구나 그 주인공이 적우강이란 것도 알고 있었다.

"그자가 누군지 다들 단단히 벼르고 있습니다. 흑의 무복에 평범한 검을 사용한다고 하지만 제 눈을 피하진 못할 겁니다. 그런 자들은 눈에 띄게 되어 있거든요. 걸리기만 하면 다시는 그런 짓을 하지 못하도록 해줄 생각입니다."

"자네 말대로라면 어디서나 흔히 볼 수 있는 자인 것 같은데…… 다들 같은 생각인가?"

"이번 대회에 참가한 구대문파는 물론이고 오대세가 역시 같은 입장입니다."

"사정도 살피지 않고 무작정 그… 수라검? 그 사람을 혼내겠다는 건가?"

"설마 사정도 살피지 않았을 리가 있겠습니까. 다친 자들의 말을 들은 사람이 그러더군요. 수라검이 아무 이유 없이 암습을 가했다고요."

"암습?"

육양 상인은 하마터면 대놓고 웃음을 터뜨릴 뻔했다.

십여 명이나 되는 인원이 적우강을 합공한 것은 봤어도 적우강이 암습을 가한 것은 보지 못했다. 갈잖은 핑계들이었다.

"찾아 나서진 않고 발견하면 떼로 몰려가서 응징을 하겠다는 건가?"

"군웅대회에 참가할 사람들이잖습니까. 찾아다니기엔 시간도 그렇고 괜히 다치기라도 하면 대회에도 지장이 있을 테니……."

"허허허, 재미있군."

육양 상인이 보기엔 이들 중 일 대 일로 싸워서 적우강을 이길 사람은 없었다. 이들은 알맹이를 빠뜨리고 있었다. 목표보다는 성취에 치중해서 한계를 깨뜨릴 힘이 없는 것이다.

"그런 생각 해보셨어요?"

하영령이 대상을 정하지 않고 툭 질문을 건넸다.

모두들 어리둥절해서 쳐다봤다.

"여섯 분이 할아버지를 공격하려고 하는데 한 사람이 나타나 할아버지를 구해준다. 그럼 그 사람은 마도인이 되는 건가요?"

"하하하! 하 소저, 그건 예가 올바르지 않습니다. 첫째로 우리는 육양 상인께 감히 그런 짓을 할 리가 없고, 둘째로 우리의 공격을 감당할 고수는 흔치 않습니다."

하조천이 나름 논리적으로 대답해 주었다.

"만약이라고 했잖아요."

"흠, 그렇다면 그를 마도인이라고 단정 짓기는 힘들 것 같네요."

"한데, 왜 수라검을 마도인으로 규정짓죠?"

"예?"

하조천은 하영령의 입맛을 맞추기가 너무 까다로워 짜증이 났다. 물어봐서 대답한 것뿐인데 또다시 엉뚱한 말을 꺼내니 다시 대답하고 싶은 마음이 가셨다.

"허허허."

육양 상인은 하영령의 말이 무엇을 뜻하는지 잘 알기에 너털웃음과 함께 화제를 다른 쪽으로 돌렸다. 다들 기다렸다는 듯이 얘기를 바꾸었다. 그래 봐야 자신들의 문파나 자신의 자랑이 대부분인 재미없는 얘기긴 했지만.

서로 잘났다고 목소리가 높아질 때쯤이었다.

"어르신, 마차에 타고 계십니까?"

갑자기 생경한 목소리가 밖에서 들려왔다.

마차 안에 타고 있는 사람 중에 어르신이란 말을 들을 사람은 육양 상인밖에 없었다.

"할아버지, 그 사람이에요."

"그 사람?"

"적⋯⋯."

"아!"

육양 상인은 하영령이 목소리를 먼저 알아들은 것이 의외였으나 모른 척 창문을 열었다.

밖에는 하영령의 말처럼 적우강이 빠른 걸음으로 마차를 따라 걷고 있었다.

"오, 자네가 어쩐 일인가? 화산에는 안 간다고 하지 않았던가?"

"생각이 바뀌었습니다."

"허허허, 잘했네. 한데, 우리가 이 마차에 타고 있는 건 어떻게 알았는가?"

"창문 밖으로 하 소저의 손이 보여서 어르신이 타고 계신 줄 알았습니다."

적우강은 대수롭지 않게 대답했다.

'손? 내 손을 기억하고 있단 말이지?'

그 말을 들은 하영령의 냉랭하던 볼에 살짝 홍조가 스치고 지나갔다.

"어쩐다? 마차에 자리가⋯⋯."

"그것 때문이 아니라, 길 위쪽에 빠르게 움직이는 사람들이 있어서 알려 드리려고 왔습니다."

"길 위?"

육양 상인이 고개를 내밀어 보려고 하자, 적우강은 고개를 절레절레 흔들어 보지 말라는 신호를 보냈다.

"왜 그러나?"

"없는 길로 움직이는 자들입니다. 떳떳할 리 없지요. 목적이 있는 것 같기는 한데 드러내진 않더군요. 혹시나 해서 알려 드리는 겁니다. 하 소저, 나중에 또 뵙지요."

"그, 그래요."

하영령은 적우강을 돌아보다 사라지고 없는 자리를 보고 대답했다.

그녀의 행동에 마차 안에 있던 여섯 명의 안색이 변했다. 빠르게 달리는 마차를 따라온 것도 아니고 느리게 움직이는 마차를 따라온 것뿐이었다.

그들의 생각으로는 적우강이 위험을 알려주기 위해 왔다는 것은 거짓이 분명했다.

화산파의 영역에서 이상한 짓을 한다는 것이 얼마나 어리석은지 모르는 자가 있을 까닭이 없기 때문이다.

그러나 육양 상인의 생각은 달랐다.

고개를 내밀어 슬쩍 위를 쳐다봤다.

뭔가 보여야 하는데 딱히 움직임이 느껴지진 않았다.

"누가 있습니까?"

"아직은 아무도 안 보이는군."

"당연합니다. 제 생각에는 저자가 마차에 얹혀서 가려다 할 말이 없어 그런 소릴 만든 것 같습니다. 신경 쓰지 않으셔도 될 겁니다. 상인께서도 아시다시피 이곳은 화산파의 영역입니다. 감히 그런 자가 있을 리 없습니다."

하조천은 화산파가 마치 자신의 사문이라도 되는 양 소리 높여 칭송했다. 절로 웃음이 나오게 만드는 말이었다.

"허허허, 강호에 한동안 나오지 않았더니 세상이 나를 잊은 모양이구나."

"그렇지 않아요, 할아버지."

"이보게들, 잠시 마차를 세워주게. 도대체 누가 화산의 영역에서 저리 설쳐 대는지 보고 와야겠군."

"그건……."

"잠시면 되네. 아니면 산책했다 여기면 그만이고."

육양 상인의 고집에 마차는 이내 멈춰 섰다.

마차에서 내린 육양 상인은 슬쩍 뒤를 돌아봤다.

적우강이 어디쯤 있는지 보려는 것이다.

"육양 상인!"

행렬을 지켜보던 노인이 갑자기 소리쳤다.

성숙일마라 불리며 창의 고수로 나름 이름을 떨치는 엽본기였다.

역삼각형의 얼굴에 턱에는 수염이 세 갈래로 나 있었고 목소리는 쇳소리처럼 듣기 거북했다.

마중천에서 영입한 고수들을 모아놓은 외관의 세 곳 중 집마원주로, 그의 무기인 사인창은 검환의 단계에 오른 고수를 얼려 죽일 정도로 강하다고 정해졌다.

"육양 상인이 문제가 아닙니다, 형님. 육양 상인 같은 자가 마차에서 갑자기 내린 걸 보면 저자보다 더 고수가 있을지 모릅니다."

아우이자 부원주인 엽본무가 심각한 어조로 말했다.

백번 지당한 말이었다. 하지만 엽본기에겐 그냥 돌아갈 수 없는 이유가 있었다.

"대공께 이번엔 반드시 하오문을 예속시키겠다고 했다. 그냥 돌아가면 내 체면이 뭐가 된단 말이냐?"

"그냥 돌아가서는 안 됩니다. 하오문은 군웅대회에 빠지지 않습니다. 새가 방앗간을 그냥 지나치는 것 보셨습니까? 천잔수는 나타납니다. 군웅대회가 끝날 때까지 버티면 됩니다."

"군웅대회가 열리기 전에 예속시켜서 저들의 정보를 얻었어야 하는데. 쿵. 겨우 육양 따위를 피해서 돌아가야 한다니."

"피하는 것이 아니라 봐주시는 겁니다."

"그런가?"

"그럼요."

"알았다. 서안에 연락해서 한 달가량 머물 곳을 마련하도록 해라."

"예."

막 엽본무가 집마원의 고수들에게 명령을 내리려 할 때였다.

"가려나?"

"......!"

엽본기는 나직한 목소리에 재빨리 나무 위쪽을 올려다보며 방어 자세를 취했다.

그곳에는 한 노인이 나뭇가지에 서 있는 모습이 보였다.

엽본기의 입가에 기괴한 웃음이 감돌았다.

나직한 목소리의 주인이 육양 상인이란 것을 알고서 그나마 다행이라 여긴 표정이었다. 정체를 모른다면 몰라도 육양 상인에 대해서는 이미 잘 알고 있었다.

"크크크. 육양, 함부로 지껄이지 마라. 쥐새끼처럼 숨어 있다가 나타나는 근성 하고는. 성질 같아서는 저 아래쪽에 있는 것들을 전부 죽여 버리고 싶으나 참겠다. 꺼져라."

"허허허, 그건 내가 할 말인 것 같군. 도망갈 것 같아 모습을 드러냈거든."

"뭐!"

엽본기의 눈썹이 꿈틀거렸다.

익힌 무공은 음한의 마공이건만 성질이 불같아서 한번 끓어오르면 쉽게 가라앉지 않는 것이 그의 성정이었다. 그런 그에게 도망갈 것 같다는 말은 불을 지피기에 충분했다.

"죽고 싶나, 육양?"

"그전에 내 검에 타 죽지나 말게."

두 사람의 눈싸움이 치열하게 시작됐다.

이때, 육양 상인을 노려보던 성숙일마 엽본기의 눈동자가 슬쩍 육양 상인의 뒤쪽을 향했다.

기척도 없이 나타난 한 명의 얼굴이 눈에 들어왔다.

젊은 자였다.

나무에 기댄 채 두 사람을 바라보고 있었다.

육양 상인의 기척을 느낀 그가 젊은 자의 기척을 놓쳤다?

육양 상인은 아직까지 모르고 있는 것 같았다.

"누구냐?"

"허허, 지금까지 대화를 한 사람은 성숙일마가 아니라 다른 자였던가?"

육양 상인은 자신에게 한 말인 줄 알고서 어이없는 웃음을 흘렸다.

"네가 붕교를 죽인 놈이냐?"

"......?"

그제야 육양 상인은 엽본기가 자신을 보고 있지 않다는 것을 깨달았다.

천천히 뒤를 돌아봤다.

"허!"

엽본기의 시선이 닿은 곳.

적우강이 나무에 기대어 서 있었다.

第三章
화산무림군웅대회

섬서성 화음현 화산의 서쪽 연화봉 정상에 위치한 화산파에는 수천 명에 달하는 인파가 이어지고 있었다. 까마득한 높이에도 아랑곳하지 않고 사람들은 얼굴 가득히 웃음을 담고 행렬을 이었다.

화산파 정문 앞.

두 청년이 정문을 바라본 채 서 있었다.

끝없이 이어진 행렬을 받아들이는 화산의 기세가 정문을 통해 흘러나오는 것 같았다.

적우강은 전신을 짜릿하게 만드는 기분 좋은 느낌을 몸 전체로 퍼뜨리며 잠시 생각에 빠졌다.

함께라면.

그리운 사람들과 함께였다면.

바람이 멈춰 선 적우강의 등을 떠밀었으나 요동도 하지 않
았다.

"작성해 주시겠습니까?"

정문 앞에 방명록을 지키고 있던 한 청년도사가 먹을 찍은
붓을 들어 올렸다. 적우강의 행동이 이상하게 보였는지 귀찮
은 표정이 역력했다.

"사제."

가대건이 적우강을 재촉했다.

"…예."

"써야지."

"써야죠."

적우강은 붓을 받아 들고 방명록에 힘차고 굵은 글자를 써
넣었다.

점창파 적우강.

                        *   *   *

적우강과 가대건의 숙소는 일반 군웅들과 함께 머무는 곳
으로 배정이 되었다.

가대건은 배첩을 보여준 자들이 자신들과 다른 방향으로 안내를 받자 이상하게 여겨 안내해 주는 도사에게 가서 따졌다.

"저 사람들도 대회에 출전하는 것 같은데 우리는 왜 이곳으로 가는 거요?"

"출전하시는 분들인가요?"

"나 참, 사문을 밝힌 이유가 뭐겠소?"

청년도사는 멈춰 서서 손에 들린 종이를 죽 훑어봤으나 조금 전과 전혀 달라지지 않은 표정을 했다.

"어느 분의 추천을 받으셨나요?"

"추, 추천?"

"문파로 직접 배첩이 전해지지 않았으면 강호명숙의 추천을 받았다는 증표가 필요합니다."

"그런 건……."

"화산파에 오신 분 전원이 대회 출전을 하겠다고 하면 안 되잖습니까."

"……."

도사의 말이 어쩌나 똑 부러지는지 가대건은 할 말을 잃고 말았다. 틀린 말이 아니었기 때문이다.

"적 사제, 어쩌지?"

"무림명숙 중에 혹시 육양 상인께서도 포함되나요?"

적우강은 될지 안 될지 모르지만 일단 아는 이름이라고는 육양 상인밖에 없기에 말을 꺼내봤다.

"육양 상인이시라면 공동파의 육양 상인을 말씀하시는 건가요?"

"예? 예, 아마도."

"당연히 명숙에 포함되십니다."

"그분을 뵐 수 있을까요?"

적우강이 안도하며 다시 물었다.

그러자 도사는 의심스러운 눈빛을 숨기지 않고 드러내며 적우강을 살피는 눈이 됐다.

평범한 흑의 무복에 강호 활동이 전혀 없는 점창파 출신의 청년이 육양 상인을 알고 있다는 말을 믿기 힘든 눈치였다.

"실례지만 육양 상인을 어떻게 아시죠?"

"하하하, 이번 군웅대회에 나가보라고 추천해 주신 분이 육양 상인이십니다."

적우강은 거짓말을 하지 않았다. 육양 상인은 분명 주루에서 화산군웅대회에 나가보라고 권했기 때문이다.

"그, 그분께서요? 하지만 소협은 공동파가 아니라 여기 보면… 점창파라고 적으셨잖습니까?"

"아, 거 참, 짜증나게 하네."

가대건은 도사의 미적지근한 태도가 마음에 들지 않아 확 말을 잘라 버렸다.

"추천을 해줬다고 했지 우리가 언제 공동파 사람이라고 했나? 믿지 못하는 것 같은데 가서 물어보면 되겠네."

가대건의 말이 계속될수록 도사의 얼굴은 붉어졌다.

그러다 당하고만 있을 수 없다고 생각했는지 가대건을 노려보며 입을 열었다.

"지, 지금 한 말이 거짓이라면 대회를 구경하기는커녕 크게 혼나서 돌아갈 것입니다."

"사실이라면?"

도사의 경고에 가대건은 가볍게 코웃음 치며 되물었다.

"예?"

"사실이면 화산파에 갔더니 대회 출전자들 모아놓고 차별한다고 소문낼 테니 알아서 하라고. 그게 다 당신 때문이란 것도."

"제, 제가 언제 무시했습니까?"

도사는 당황하며 어쩔 줄을 몰라 했다.

그러나 가대건은 냉정하게 돌아섰다.

"자, 잠깐만 기다리십시오."

도사는 곧장 내전으로 달려갔다. 이각 정도가 지난 후, 도사가 되돌아왔을 때는 태도가 완전히 달라져 있었다.

"두 분 소협, 이쪽으로 오시지요."

도사는 극존칭을 쓰며 적우강과 가대건을 출전자들이 묵는 거처로 안내해 주었다.

"잘 알아봤어야지."

가대건은 고소해서 못 견디겠다는 표정으로 도사에게 면박을 주었다.

두 사람이 도사의 안내를 받으며 도착한 곳은 일반 군웅들이 묵는 곳과는 비교할 수 없이 좋았다. 먼저 여럿이서 함께 방을 사용하지 않아도 됐고, 지리를 모르는 출전자들을 위해 어린 도사들이 잔심부름을 하기 위해 항시 대기하고 있었다.

적우강은 방으로 들어가자마자 자리에 앉아 심호흡을 크게 내쉬었다.

'사형들, 꼭 와 계셔야 합니다!'

창문으로 내다봐도 보일 리 없는 사형들이었으나 적우강의 시선은 밖에 고정된 채로 움직이지 않았다.

*　　*　　*

강호명숙들이 모여서 담소를 나눌 수 있도록 화산파에서는 화청지에 정자를 마련해 놓았다. 그 정자에는 예닐곱 명의 노인들이 모여 담소를 나누고 있었다.

"허허허."

육양 상인은 화산파의 제자가 다녀간 이후로 웃음이 끊이질 않았다.

"적우강? 그가 누구인데 육양 상인께서 추천을 하신 겁니까?"

자리에 모인 사람들은 구대문파의 명숙들이었다.

갑자기 찾아온 도사 한 명으로 인해 그들은 모두 호기심 어린 표정을 짓고 있었다.

"그런 사람이 있습니다."

육양 상인은 적우강과 헤어지던 때를 떠올렸다.

성숙일마 엽본기를 향해 조소를 날리며 나무에 기대 있던 적우강의 모습을 잊을 수가 없었다.

'성숙일마의 일그러지던 얼굴을 이들에게 보여주고 싶군. 젊은 나이에 그토록 놀라운 배포라니, 여차하면 성숙일마와 한판 하려는 기세였어. 허허허.'

그때만 생각하면 웃음이 나왔다.

적우강이 보여준 행동은 아무리 배포가 커도 그 나이 또래에서는 보일 수 없는 모습이었다.

육양 상인은 성숙일마 앞에 나설 때 염두에 둔 것이 있었다. 싸우면 소리가 날 테고, 그 소리를 듣고 쫓아 올라올 고수들이 행렬 속에 있으니 어느 정도는 계산된 행동이었던 것이다.

'가만.'

적우강의 생각을 하던 육양 상인은 문득 의문이 들었다. 사실 육양 상인이 알고 있는 적우강에 대한 것은 주루에서 구대문파의 속가제자 십여 명을 상대한 것이 전부였다.

'설마 성숙일마와 싸우려고 한 건가?'

웃고 있던 육양 상인의 표정이 심각해지자, 지켜보던 명숙들의 표정도 심각해졌다.

"우리가 알면 안 되는 사람입니까?"

"도대체 실력이 어느 정도기에 그리도 극찬을 하십니까? 혹시 공동파의……."

명숙 중 몇 사람이 동시에 말문을 열었다.

"허허허, 공동파는 아니오. 화산으로 오다 만난 사람이지요. 이번 군웅대회를 통해 영웅이 탄생한다면 그중 한 사람이 적우강이란 청년일지도 모르겠다는 생각이 드는군요."

"도대체 그 청년의 사문이 어디기에 그리 극찬을 하십니까?"

"사문은… 곧 알게 될 게요."

육양 상인은 말을 얼버무리며 웃고 말았다.

적우강의 사문은 그 역시도 모르는 까닭이다.

그러나 육양 상인의 아리송한 대답으로 인해 실내에 있던 사람들은 일제히 호기심을 감추지 못했다.

'육양 상인이 추천한 자라…….'

청성파의 곤오불은 은근히 신경이 쓰이는지 적우강이란 이름을 몇 번 되뇌어봤다.

"무슨 걱정이라도 있으십니까, 사숙?"

청성파의 이대제자 경묵기는 거처로 돌아오자마자 침묵으

로 일관하는 곤오불에게 걱정스러운 표정을 지으며 조심스럽게 물었다.

"걱정은 무슨. 묵기야, 혹시 적우강이란 이름을 들어본 적이 있느냐?"

"적우강이요? 들어본 적 없습니다."

눈썹 끝이 올라갔고 전체적인 균형이 맞지 않는 인상을 가진 도인인 경묵기는 고개를 갸웃거렸다.

"다시 한 번 생각해 봐라. 청년이다."

"음… 들은 적 없는 이름입니다."

"그래?"

"왜 그러십니까, 사숙?"

"공동파의 육양 상인이 이번 군웅대회에 그자를 추천했더구나."

"공동파에서는 하영령 소저가 나오기로 하지 않았던가요?"

"구대문파의 출전자들은 본 대회가 열리기 전까지만 오면 되어 있다. 뭐, 그래 봐야 하영령 아니면 기영민 정도겠지. 걱정도 하지 않던 공동파인데 갑자기 신경 쓰이게 만드는구나. 육양 상인은 극구 아니라고 부인하지만 내가 보기엔 적우강이란 자는 공동파와 관련이 있는 것 같다."

"걱정되시면 제가 한번 알아보지요."

"그래, 한번 알아보거라."

'적우강이라……'

경묵기는 청성파에서 신경 써야 할 곳으로 소림, 무당, 화산 정도를 꼽아놓고 있었다. 거기에 한군데 더 넣는다면 사천당가 정도였다.

일단은 사숙인 곤오불이 알아보라고 했으니 다른 사람들 몰래 적우강이란 자에 대해 알아봐야 했다.

방을 나온 경묵기가 제일 먼저 들른 곳은 정문이었다. 적우강에 대해 알기 위해서는 방명록을 담당한 도사를 찾아보는 것이 가장 빠르다고 판단한 것이다.

"이보시오, 도사."

"아! 경 대협을 뵙습니다."

적우강과 가대건을 숙소까지 안내해 준 청년도사가 경묵기를 보며 깍듯하게 반장의 예를 취했다. 경묵기 정도의 고수는 알아두어야 할 인사였다.

"한 가지 물어볼 말이 있어서 왔네."

"말씀하십시오."

"적우강이란 청년에 대해 알고 있나?"

"적우강……. 아! 기억납니다."

몰려든 엄청난 인원을 일일이 기억하는 건 어려웠지만 가대건이 준 면박 때문에 적우강이란 이름은 잊지 않고 있었다.

"기억나나?"

"예. 추천장도 없이 출전하겠다고 해서 안 된다고 했더니 육양 상인을 찾아뵙겠다고 했습니다."

"육양 상인을? 사문은 어디던가?"

"사문이… 잠시만 기다려 주십시오."

청년도사는 방명록을 뒤적이다 다가왔다.

"점창파 적우강. 이렇게 적혀 있습니다."

"저, 점창파?"

경묵기는 골이 땡한 표정이 되어 청년도사를 쳐다봤다. 점
창파에서 출전자가 나올 리가 없기 때문이다.

"다, 다시 한 번 봐주겠나? 틀림없이 점창파라고 적었나?"

"예. 무슨 잘못된 일이라도…….""

"아, 아닐세. 고맙네."

경묵기는 안색을 딱딱하게 굳히며 손을 저었다.

'점창파라고?'

돌아선 경묵기의 표정이 어두워졌다.

그도 그럴 것이, 이 년 전에 점창파로 직접 가서 멸문된 것
을 확인한 사람 중에 한 명이 경묵기인데 적우강이 점창파 출
신이라니 믿기 힘든 것이다.

청년도사는 경묵기가 돌아가고 난 후 동문들의 질문 공세
를 쉴 새 없이 받아야 했다. 청성파의 이대제자 중에서도 상
당히 안정된 자리를 지키고 있는 경묵기가 청년도사를 찾아
온 것은 사건이기 때문이다.

하지만 청년도사의 기분이 좋았던 것은 거기까지였다. 경묵기의 뒤를 이어 두 명이 더 청년도사를 찾아온 까닭이다.

무림명숙의 사질이나 혈연관계에 있는 사람들이 왜 적우강을 찾는지 몰랐으나 청년도사는 그제야 자신이 뭔가 잘못했다는 것을 깨달았다.

*　　　*　　　*

화산파 내부의 귀빈관은 구대문파와 오대세가를 위해 개방됐다. 거처에 있던 사람들이 저녁이 되면서 밖으로 나왔다.

살랑—

당백지는 바람에 찰랑거리는 머리를 한 손으로 쓸어 넘기며 주위를 둘러봤다.

이 년 전과는 비교할 수 없이 성숙해져 있었고, 수심이 깃든 눈빛만 아니면 능히 주위를 아름다움으로 빛낼 정도였다.

그런 당백지를 바라보는 열네 살 소녀 남궁봉의 표정은 멍해지고 말았다.

"언니도 내일 검무대회에 나와요?"

"검무? 아니, 난 그런 거 잘 몰라."

"언니처럼 예쁜 사람이 검무를 추면 오 년 전 검무대회에서 우승한 혁련궁 공자와 하란미 언니만큼 아름다울 텐데……"

"혁련궁 공자와 하란미 소저?"

"예. 알아요?"

남궁봉은 고개를 절레절레 흔드는 당백지를 보며 안타까워 양 볼을 부풀렸다. 그 모습이 어찌나 귀엽던지 오히려 당백지가 웃으며 머리를 쓰다듬어 주었다.

당가환을 따라 이곳에 오길 잘한 것 같았다.

"저는요, 검각에 들어가서 언제고 반드시 검을 배울 거예요."

"검각?"

"예. 검후 호옥청 여협과 같은 고수가 되어 마중천과 같은 무리도 함부로 건들지 못하는 사람이 될 거예요."

"검후……."

"어머!"

갑자기 남궁봉이 당백지의 뒤쪽을 보며 화들짝 놀라기에 무슨 일인가 싶어 뒤를 돌아봤다.

세련된 복장에 어울리는 금색 허리띠를 찬 잘생긴 이십대 중반의 청년이 모란꽃처럼 화사한 미인과 함께 걸어오고 있었다.

남궁봉은 두 사람이 누군지 아는 것 같았다.

"저분들이에요."

"누구?"

"오 년 전 검무대회의 우승자요."

당백지는 남궁봉의 어깨를 감싸며 살짝 뒤로 물러서 주었다. 혁련궁과 하란미는 자연스럽게 두 사람을 지나쳤다.

슥.

혁련궁의 눈동자가 옆으로 돌아간 것은 당백지를 지나칠 때였다.

'시선을 피해?'

믿을 수 없게도 당백지는 혁련궁을 보지 않고 있었다. 신선했다. 다들 그와 시선을 마주치기 위해 안달했지 외면하는 경우는 처음이었기 때문이다.

당백지가 이십오 세에 무림맹의 총순찰을 맡은 기린아 혁련궁을 모른다는 생각은 전혀 하질 않았다.

　　　　　*　　　　*　　　　*

적우강은 가대건과 함께 몇 시진에 걸쳐 거처들을 돌아다녔다. 혹시라도 사형들이 있기를 바라는 마음에서 한 행동이었으나 결국 아무도 발견하지 못했다.

덕분에 늦게 잠이 들었는데도 새벽이 지나기 전에 눈이 떠지고 말았다.

잠자리가 낯설어서 숙면을 취하기 힘들었다.

밖으로 나와 마당을 둘러봤다.

고요한 새벽을 조금씩 건드리는 소리가 있었다.

바람 소리라고 생각했으나 이내 위쪽 담 너머에서 누군가가 움직이는 소리라는 것을 알게 됐다.

아직 첫 닭이 울기 전이었다.

적우강은 호흡을 들이마신 뒤 손을 양쪽으로 벌리고 기의 흐름을 아래로 눌렀다.

팡—

새벽을 울리며 땅 두드리는 소리가 났다.

이 상태로 한참 동안 있으면 계단 수련과 계곡 수련을 동시에 하는 효과가 있었다.

텅—

"……?"

담 뒤쪽에서 들린 소리였다.

조금 전에 적우강이 냈던 소리보다 약간 컸다.

별것 아니었다. 수련하다 무언가를 때린 소리일 수도 있고 진각으로 돌을 밟은 것일 수도 있었다. 하나 묘하게 적우강의 신경을 건드렸다.

적우강은 위쪽을 바라보며 자세를 곧추세웠다. 그리고는 조금 전보다 강한 소리와 함께 연속해서 두 번 움직였다.

팡팡—

계속해서 움직였어야 했다.

텅텅—

"……"

전혀 기대하지 않은 것은 아니지만 이번에도 적우강이 낸 소리보다 약간 더 컸다. 이렇게 되자 은근히 승부욕이 발동했다.

'좀 더 소리를 키우려면 보폭을 좁히고 소리가 퍼지도록 짧게 밟았다가 길게 퍼뜨려야 한다.'

적우강은 직선으로만 움직이던 동작을 타원의 형태로 만들며 불규칙한 발 구름 소리를 냈다.

과도하게 진기를 사용한 것도 아닌데 가라앉았던 진기가 들끓으며 평소보다 격한 움직임을 만들어냈다.

파팡— 파앙—

소리는 상당히 커서 마당이 울릴 정도였다.

그 끝을 이어 거짓말처럼 위쪽에서 답이 전해왔다.

빠르고 정확하면서도 적우강의 발 구름과 묘하게 어울리는 소리였다.

텅텅— 터터텅—

적우강은 위쪽의 소리가 끝나기를 기다리지 않고 규칙없이 발을 굴렀다.

팡팡— 팡팡팡—

텅— 텅텅— 텅텅—

이때부터 두 사람은 서로의 소리를 만들어냈다.

그 탓에 숙소 주위의 방들이 불을 하나둘씩 켜기 시작했다. 하지만 한 번 흥이 돋은 적우강에게 그런 것이 눈에 들어올리 없었다.

쏴아아—

바람이 들어왔다가 담을 두고 나누는 승부에 밀려 금방 사라졌다.

누가 알려준 것도 아닌데 두 사람의 박자는 묘하게 맞물려 있어서 박자를 놓친 사람이 먼저 멈출 수밖에 없는 대결이었다.

"적 사제, 뭐 해? 아침부터 무슨 수련을 이렇게 요란하게 해."

가대건이 눈을 비비며 밖으로 나왔다.

후끈 달아오른 적우강은 가대건이 나온 것도 모르고 계속해서 마당의 방위를 밟으며 소리를 냈다.

팡팡— 팡— 팡팡팡—

"적 사제, 시끄럽다고!"

"……!"

우뚝.

가대건의 고함에 적우강은 순간적으로 몰입된 상태에서 깨어나며 멈춰 섰다.

담 뒤쪽을 쳐다봤다.

텅텅— 터터텅—

위쪽에선 아직도 소리를 내고 있었다.

"아……."

적우강은 아쉬운 탄성을 내쉬었다.

절벽과 절벽 틈에서 혼자 검막을 만들어 석순과 종유석을 잘라낼 때의 붕 뜬 느낌과 비슷했다.

"왜 그래, 적 사제?"

"가 사형……."

적우강은 대답을 하며 무심코 마당을 바라봤다.

무질서하게 발자국이 어지러이 찍혀 있었다.

같은 곳을 다시 밟지는 않았다.

'순간적으로 현천삼식을 연속해서 이십여 번을 펼친 것 같은데도 몸은 오히려 가뿐하네?'

현재의 적우강에겐 신기한 현상이 맞았다.

지하 밀실에 들 때만 해도 가대건이 살아 있는 것이 신기하다고 했다. 그 이후 현천삼식을 수련하면서 조금씩 회복하기는 했지만 예전과 같지는 않았다.

일정 이상의 진기를 사용하면 불에 지진 듯한 고통이 몸 전체로 퍼졌다. 손상된 혈맥이 부어서 많은 양의 진기가 지나갈 수 없는 것이다.

그런 몸 상태로 어떻게 아무 이상 없이 지금과 같은 동작을 펼쳤는지 신기하기만 했다. 고통도 전혀 없었다. 아니, 오히려 몸이 가벼워진 것 같았다.

"무슨 땀을 그리 흘려? 적 사제답지 않게."

"그러게요. 땀이 흐르네요."

적우강은 자신도 모르게 기분 좋은 웃음을 지었다.

"뭐야, 무슨 일 있었어?"

"조금 전처럼 몸을 움직이니까 괜찮은데요?"

"시끄럽게 움직이니까 괜찮다고?"

"시끄러웠죠?"

"나도 귀가 있는 사람이야. 그렇게 꽝꽝거리는데 시끄럽지 않을 리 없지. 뭐 한 거야?"

가대건은 아직도 잠에서 깨지 못했다는 듯이 목뒤를 긁적이며 적우강을 바라보고는 다시 방으로 들어가려 했다. 하지만 그것도 귀찮다는 듯이 그냥 돌 위에 양손으로 턱을 받치고 앉았다.

적우강은 소매로 땀을 훔치고 가대건의 곁에 앉았다.

"저 때문에 깼어요?"

"응."

"죄송해요."

"농담이야. 적 사제가 움직이는 소리를 들으니까 가슴이 울렁거려서 누워 있을 수가 있어야지."

"울렁거려요?"

"응. 잠을 자려면 잘 수도 있었는데 이상하게 울렁거리더라구."

적우강은 가대건의 말을 듣고 보니 담 뒤쪽의 소리에 반응했던 느낌이 바로 울렁거림이란 것을 깨달았다.

담 뒤쪽에서도 소리가 끊겼다.

정적과 함께 새벽의 여흥이 막을 내린 것이다.

"저 담 뒤쪽에는 누가 있을까요?"

"어디?"

"저 위요."

"우리보다 더 배경이 좋은 놈이 있겠지."

"배경이요?"

"그렇잖아. 저 밑에서는 이십 명이 한 방을 써야 하고 여기
는 우리 둘이 지내지, 저 위는 혼자 대따 넓은 방에서 지낼 거
아니야. 우리보다 배경이 좋은 놈인 거지. 여자이려나? 아무
튼."

"들어가요. 좀 씻어야겠어요."

"먼저 들어가."

가대건은 적우강보고 먼저 들어가라고 하고는 자리에 가
만히 앉아 있었다.

사실 적우강의 수련하는 소리를 듣고 누구보다 기뻐한 사
람이 가대건이었다.

적우강이 그토록 과격하게 움직이면서도 전혀 고통스러운
표정을 짓지 않았기 때문이다.

좀 더 지켜볼 욕심도 있었으나 쓰러지기라도 하면 큰일이
기에 막을 수밖에 없었다.

적우강이 가리켰던 담 위.

'저자였나?'

잘생긴 이십대 후반의 청년이 아래쪽을 내려다보고 있었다. 세련된 복장에 금으로 만든 허리띠가 눈에 띄었다.

무림맹 총순찰 혁련궁이었다.

아래쪽에는 홀로 마당을 지키는 청년이 앉아 있었다.

이십대 초반으로 보이는 청년은 갓 잠에서 깨어난 듯 졸린 표정을 짓고 있었다.

'대단하군. 그새 평정을 되찾았단 말인가?'

혁련궁은 속으로 침음을 삼켰다.

조금 전까지 가슴을 후끈 달아오르게 만들어놓은 자가 어느새 조용히 자리하고 있는 것이다.

기분이 나빠졌다.

자신보다 먼저 평정을 되찾았다는 것이 마음에 안 드는 까닭이다.

그러다 마당을 어지른 발자국에 시선이 닿았다.

반 치 깊이도 안 되는 발자국들.

혁련궁은 뒤쪽의 자신이 남긴 발자국을 돌아봤다.

비교가 안 될 정도로 넓고 깊은 자국이 보였다.

'겨우 저 정도의 내공을 지닌 자였다고? 그런 자에게 내가 달아오른 건가? 어이가 없군.'

씁쓸한 웃음이 혁련궁의 입가에 걸렸다.

그래도 새벽에 나오길 잘한 것 같기는 했다.

슬쩍 아래쪽을 다시 한 번 바라본 후 거처로 들어갔다.

가대건을 훔쳐보는 시선은 혁련궁뿐만이 아니었다. 아니, 적우강과 혁련궁이 만들어낸 소리에 깬 주위의 모든 사람들이 보고 있었다.

그들은 잔뜩 긴장한 표정으로 가대건을 살폈다.

마름모꼴의 얼굴형을 지닌 청년이 앉은 채로 졸고 있었다. 한 번쯤 움직여 줄 만도 한데 움직이지 않았다.

"끙. 너무 어지럽다."

가대건은 일어나 옆에 세워둔 빗자루를 들고서 세로로 한 번, 가로로 한 번 마당을 가득 채운 발자국을 지워 나갔다.

그러나 발자국은 지워지지 않았다.

이상함을 느낀 가대건은 쪼그리고 앉아 적우강이 만든 발자국을 유심히 살펴봤다.

적우강의 발보다 좀 컸다.

"어?"

가대건은 발자국 언저리를 만져 봤다가 깜짝 놀랐다.

발자국이 남은 땅에서 가대건의 손을 밀어내는 것 같은 기운이 느껴진 까닭이다.

다시 손을 갖다 댔다.

"……!"

역시나 마찬가지였다.

"사, 사제가 도대체 무슨 짓을 한 거야?"

멀리서 볼 때 가대건의 행동은 별것 아니었다. 하지만 가대건을 지켜보는 사람들은 그렇게 생각하지 않았다.

가대건의 쪼그리고 앉은 행동에도 의미를 부여했다.

담을 두고 조용히 대화를 나누었다.

"저자가 지금 뭐 하는 거지?"

"저런 엄청난 실력을 지니고도 단점을 찾는 중이잖아."

"저런 파렴치한!"

"나도 그렇게 생각해. 굉장한 녀석이 출전을 한 모양이야."

그들에게는 가대건이 보법의 단점을 찾는 자세로밖에 보이질 않았다. 당연히 마음이 무거워질 수밖에 없었다.

第四章
검무

하얀 햇살이 내려와 화산의 위용을 비무대 위로 드리웠다. 대회를 개최한 이유와 명분을 천명하는 시간이 다가왔다.

너비와 폭이 십 장, 높이는 약 삼 장.

화산파 내부에 마련된 비무대 위로 오십여 개의 의자가 놓여 있었다. 그곳은 소림사의 대지 선사, 무당파의 태극 진인, 공동파의 육양 상인, 사천당가의 당가환 등의 자리였다.

화산군웅대회는 오 년 전의 섬서군웅대회보다 더욱 규모가 컸다. 마치 강호 전체가 움직인 것 같았다. 이 정도의 규모로 군웅대회를 여는 데에는 이유가 있었다. 이 정도가 아니면 마중천에서 공격할 소지가 다분하기 때문이다.

군웅들은 비무대를 지켜보며 시선을 떼지 않았다.

화산파의 현 장문인 화산제일검 화군명이 일어설 때를 기다리고 있는 것이다.

이번 대회의 우승자로 낙점된 고수는 모두 네 사람이었다. 화산파의 화군악, 소림사의 소림일권 진부동, 무당파의 무당신룡 소무백, 그리고 유일하게 오대세가 중 남궁세가의 남궁장청.

사람들은 모두 이들 중에 영웅이 탄생할 것이라 믿고 있었다.

비무대 위에서 한 사람이 일어났다.

"와아아아!"

군웅들이 일제히 함성을 질러댔다.

화산 장문인 화군명이었다.

"강호의 평화를 위해 이 먼 곳까지 와주신 군웅들께 감사드립니다. 화산파는 오늘 이 자리에서 탄생할 영웅을 위해 작은 선물들을 준비했습니다. 그중 한 가지를 말씀드리면, 소림의 소환단입니다."

화군명이 왼손을 들어 올리자, 갑자기 군웅들이 일제히 거대한 함성을 질러댔다. 대환단보다는 못하지만 소환단 한 알이면 능히 일반인이라도 단숨에 무공의 기재로 둔갑시킬 수 있는 체질로 바꿀 수 있었다.

"그리고… 이 검은 검무의 우승자에게 전해줄 생각입니다."

화군명은 오른손에 들고 있던 검 한 자루를 들었다.

그러나 이번엔 군웅들의 반응이 신통치가 않았다.

먹먹한 외양과 두꺼운 검집의 검이 그리 대단해 보이지 않는 까닭이다.

"이 검은 화산파에 내려오는 보검으로, 칠백 년 전 천하제일장인인 천수공이 만들었다는 자하검(紫蝦劍)입니다."

웅성웅성.

군웅들이 검의 이름을 듣더니 갑자기 말들이 많아지기 시작했다.

"자하검? 혹시 칠백 년 전 화산검선이 사용했다는 그 검인가?"

"어? 자네는 자하검에 대해 뭘 좀 알고 있는 모양이네? 난 전혀 모르겠는데."

"그건 아니고, 그러니저러니 해도 검 모양이 좀 너무하잖아?"

"거무튀튀하고 영 그렇긴 하네."

대화들이 대동소이하게 계속해서 꼬리에 꼬리를 물고 이어졌다. 사람들이 보기엔 무도 자르지 못할 검처럼 보인 까닭이다.

"아미타불, 자하검을 상으로 내놓다니. 소림의 소환단으로 화산파를 빛내준 셈이구려. 허허허."

대지 선사의 혼잣말에 옆에 있던 태극 진인이 말을 이었다.

"전설은 전설일 뿐이었던 모양입니다. 칠백 년 전, 화산파에 엉뚱한 기재가 탄생했는데, 검에 대한 이해는 당시 화산 장문인과 막힘없이 토론을 할 정도였지만 실제 검에 대한 공부는 극히 미약해 검기조차 만들지 못했다고 하던가요?"

"아미타불, 결국 폐관 수련을 핑계로 연화봉의 한 동굴로 들어갔다고 전해지고 있습니다."

"사람들은 모두 그의 죽음을 기정사실화했지요. 아마도 당시 마교의 교주였던 천마가 화산을 공격하지 않았으면 지금도 사람들에게 화산검선이란 이름은 전해지지 않았을 겁니다."

"아미타불, 당시 천마의 힘은 기고만장해도 충분했지요. 천마검을 삼 초만 막으면 그냥 돌아가겠다는 말을 공공연하게 각 파 장문인들한테 했을 정도니까요."

"그 삼 초를 화산 장문인의 허락도 없이 막겠다며 그가 자하검을 들고 나섰다지요? 모양도 평범하고 날도 서지 않은 검으로 말입니다."

"설마 그 검이 천마검을 세 번이나 막을 줄 누가 알았겠습니까? 허허허, 하나 칠백 년이 지나는 동안 화산파에서는 아무도 자하검의 비밀을 밝혀내지 못한 모양입니다."

"……"

"……"

다음 말은 두 사람 모두 잇지 않았다.

두 사람의 말이 끝날 즈음 비무대 중앙에 있던 화군명의 말이 이어졌다.

"대회에 참가하는 영웅들을 보호하기 위해 과중한 업무를 뒷전으로 미뤄둔 강호의 기린아이자, 무림맹에서 총순찰을 맡고 있는 혁련궁 총순찰을 소개합니다."

군웅들의 시선이 화군명의 손끝을 따라갔다.

비무대 입구에서 혁련궁이 늠름한 자세로 걸어오고 있었다. 군웅들을 압도하는 몸짓과 강호명숙들한테도 전혀 주눅들지 않은 걸음걸이였다.

"혁련세가의 혁련궁입니다. 오늘은 비무대회에 참가하러 온 것이 아닙니다. 무림맹의 총순찰로 이 자리에 선 것이니 경계는 하지 말아주십시오. 하하하!"

혁련궁은 호탕하게 웃으며 분위기를 부드럽게 만들었다.

"비무대회는 내일부터 총 열흘 동안 치러집니다. 강호명숙의 추천을 받은 출전자들이 두 명 남을 때까지가 예선입니다. 그리고 그 두 명이 참가하는 본선이 치러집니다. 구대문파와 오대세가의 출전자들 열네 명과 다시 자웅을 겨루게 되는 겁니다."

혁련궁은 말을 멈추고 주위를 둘러보았다.

부당할 수 있는 방법이었으나 누구도 이의를 제기하는 사람은 없었다.

결승에 올라 구대문파와 오대세가의 출전자들과 싸우는 것만으로도 충분히 두 사람에겐 영광이라 여기는 까닭이다.

"언제나 그래 왔듯이 군웅대회의 우승자는 자타가 공인하는 영웅입니다. 저 마도의 무리가 빼앗고 있는 정도의 하늘을 더욱 넓혀 마도가 이 땅에서 완전히 사라질 때까지 싸우는 영웅! 출전자들은 그것을 명심하고 내일 있을 대회 준비에 만전을 기해주시길 바랍니다."

혁련궁은 서늘한 눈으로 비무대 위에 있는 강호명숙들과 그들의 수행원 격인 각 문파의 대표 고수들을 둘러봤다.

"내일 첫 번째 대결을 펼칠 출전자는 대원도법을 사용하는 막문과 혼원장의 도검입니다."

혁련궁은 말을 끝내고 나서 두루마리를 접어 갈무리했다. 그리고는 중앙에서 한 바퀴를 돌았다. 연설을 듣던 여인들의 방심이 사정없이 무너진 것은 말할 것도 없었다.

그때, 혁련궁의 시선이 한곳에 고정됐다.

적우강과 함께 앉아 있는 가대건이 있는 자리였다.

적우강은 혁련궁의 말을 듣고 고개를 갸웃거렸다.

"사형, 그럼 오늘은 뭘 하는 거죠?"

"글쎄, 나도 잘 모르겠는데? 가만있어 봐. 저기요, 오늘은 뭘 하는 건가요?"

가대건이 바로 옆에 앉은 중년인에게 물었다.

"곧 검무대회가 열릴 겁니다."

"아! 아까 화산 장문인께서 말했던 그거요?"

"끌끌, 그거라니? 나는 비무대회보다 검무대회가 더 기다
려지는데."

세모꼴 눈을 가진 중년인은 검무대회도 모르느냐는 눈으
로 가대건을 쳐다봤다.

"그, 그래요?"

"당연하지! 이번 검무대회에 나오는 팽소소, 혼원예, 하란
미 소저를 볼 수 있잖나. 흘흘흘. 뭐, 썩 보고 싶지는 않지만
오 년 전 우승자인 혁련궁 공자의 검무를 다시 볼 수도 있고."

"그 여자들이 누군데요?"

"……."

가대건은 정말로 그녀들에 대해 몰라서 던진 질문이었으
나 세모꼴 눈의 중년인은 기가 막힌 표정이 되어 더 이상 말
을 하지 않았다. 마치 그런 것도 모르면서 이곳에는 왜 있느
냐는 표정이었다.

"쿵. 말해주기 싫으면 관둬요. 별것도 아닌 걸로 잰 체하기
는. 적 사제……."

"저도 들었어요."

"…그렇대."

"검무대회라……. 재미있겠네요."

"볼 거야?"

"저런 고수가 추는 검무라면 한번 봐야죠."

적우강이 비무대 위의 혁련궁을 가리키며 말했다.

"저 사람… 남자잖아. 응? 뭐야, 적 사제 말을 듣기라도 한
거야? 왜 우리 쪽을 보는 거지?"

적우강도 알고 있었다.

"우리가 아니라… 사형을 보고 있어."

"나를?"

"예."

"적 사제."

가대건이 인상을 쓰며 심각하게 불렀다.

"왜요."

"튀자."

"뭐 잘못했어요?"

"아니."

"그런데 왜 튀어요?"

"저런 자가 쳐다볼 때는 뭔가 있는 거야. 피하는 게 상책이
다. 가자."

"하하하, 숙소로 먼저 가 있으세요."

"안 가?"

"검무 본다니까요."

적우강은 온통 검무에 신경이 팔려 있었다.

이럴 때는 가자고 아무리 말해봐야 소용없었다. 그렇다고
가대건 혼자 숙소로 가봐야 심심하긴 마찬가지였다. 가대건
은 다시 자리에 주저앉았다.

이때, 옆에서 들려오는 대화가 있었다. 돌아보자 대화가 들려온 곳에는 금포를 걸친 중년인과 금색 영웅건을 두른 십사오 세가량의 소년이 있었다.

가대건은 적우강의 옆구리를 찔렀다.

"왜요?"

"쉿, 검무에 대해 궁금하다고 했지? 내 옆쪽에 금포를 걸친 사람 보이지? 한 번 들어봐."

"……?"

적우강은 그들 둘에게 귀를 기울였다.

"검무는 단순히 검을 들고 춤만 추는 것이 아니라 남녀의 교감이 무엇보다 중요하다. 두 남녀가 한 사람처럼 검을 섞을 수 있을 때에야 비로소 완벽한 검무가 완성되는 것이야."

"숙부께서는 저번 군웅대회도 보셨잖습니까. 저 혁련궁이란 분이 우승을 했다고 하는데 그토록 뛰어난가요?"

"오 년 전, 혁련 총순찰은 검무대회만 우승한 것이 아니다. 비무대회까지 우승했다."

"어? 그 얘기는 안 하던데요?"

"당시 하란미 소저와 펼쳤던 검무가 너무나 아름다워 사람들이 무공보다 검무를 기억하는 까닭이지."

"검무대회……."

"원래 검무대회는 군웅대회의 우승자를 축하해 주기 위해 만들어졌던 건데, 언제부터인가 그 자체가 대회로 발전했다.

군웅대회의 우승자가 배필로 맞이하고 싶은 여인에게 검무를 추는 것부터 시작됐다는 얘기도 있고, 여자로만 구성된 검각··· 검각은 알지?"

"남해의 검각이요?"

"그래, 그곳의 주인이 제자의 배필을 정해주기 위해 만들어낸 일종의 자격시험이란 말도 있지."

"검각에 그 정도의 힘이 있나요?"

"구대문파에 속하지 않으면서도 구대문파 못지않은 이름을 얻고 있는 곳이 세 군데나 있다."

"검각, 성수궁, 검림을 말씀하시는 거죠?"

"잘 아는구나. 그래, 그 세 곳의 주인은 구대문파의 장문인 못지않은 실력을 지녔지. 또 한군데가 있다."

"금황표국이죠?"

"맞다. 정도에선, 아니, 구대문파에선 인정을 하지 않지만 자신들의 자리를 지키기에 충분히 강한 곳들이지."

중년인의 마지막 말은 묘한 여운이 있었지만 그 정도만으로도 적우강은 많은 것을 알 수 있게 됐다.

'검각, 성수궁, 검림, 금황표국. 기억해 둘 이름들인 것 같다.'

좀 더 얘기를 듣기 위해 기다렸으나 더 이상 금포인의 입은 열리지 않았다. 아쉬웠지만 어쩔 수 없었다. 이내 두 사람에게선 신경을 끊고 비무대로 시선을 옮겼다.

그때, 금포인의 시선이 자연스럽게 적우강을 향했다.

적우강이 그곳에 있는 걸 애당초 알고 있었던 사람처럼 자연스러웠다. 이내 금포인은 아이를 데리고 자리에서 일어났다.

                    *   *   *

검병(劍柄)을 오른 손가락 두 개로 잡아 누인 후 왼손 손바닥으로 밀어 일직선이 되도록 하자, 마주 선 채로 준비하고 있던 여인이 '탁' 하는 소리와 함께 공기를 얼려 양쪽 검봉을 하나로 만들었다.

남궁세가의 남궁장청은 바짝 긴장한 표정으로 하북팽가의 팽소소를 쳐다봤다. 팽소소는 준비되었다는 신호로 고개를 살짝 끄덕였다.

스륵.

남궁장청이 검에서 손을 떼며 반보 뒤로 물러섰다. 그리고는 곧바로 검병을 차고 앉았다가 검을 뽑아 들며 허공으로 치솟았다.

푸학!

공기 중의 수분이 얼었다가 깨지며 환상적인 모양을 만들었다. 팽소소는 그 얼음 알갱이들을 밟으며 남궁장청의 뒤를 따라 하늘을 향했다.

쉬링!

두 개의 검이 얽혔다가 풀어졌다.

팡! 팡!

허공을 때려 다시 만난 두 사람은 검신을 교차시키며 서로의 힘을 교환했다.

무공으로 보면 대단한 모습은 아니지만 보는 사람으로 하여금 감탄할 수밖에 없도록 만드는 두 사람의 조화는 장관이 아닐 수 없었다.

검과 검이 만나 둘만의 소리를 만들어내고 있었다.

소리에 귀를 열고 있던 적우강의 눈빛이 어느 순간 살짝 흔들렸다. 두 사람의 검무에서 묘한 어긋남이 느껴진 탓이다.

어긋남은 제대로 된 소리가 아닌 위험한 소리를 만들어냈다. 아니나 다를까, 이곳저곳에서 아쉬운 탄성이 연속해서 터졌다.

적우강은 고개를 가로저었다.

'두 사람이 익힌 무공은 서로 다르다. 그 다름을 같음으로 승화시켜야 제대로 된 검무가 나오는 것이 아닐까?'

"감히!"

남궁봉이 갑자기 분개하며 소리쳤다.

함께 있던 당백지가 급히 남궁봉의 입을 막으며 주위를 돌아봤다. 다행히 사람들이 비무대 위에 정신을 빼앗겨 들은 사람은 없는 것 같았다.

"왜 그래, 봉아?"

"저 사람이 오빠의 검무를 보고 고개를 흔들었어요."

"그럴 리 없어. 다들 남궁 공자의 검무에 빠져 있어."

"아니에요. 봉이가 똑똑히 봤어요."

"누군데?"

"저기요."

남궁봉이 여전히 화난 목소리로 누군가를 가리켰다.

당백지는 천천히 남궁봉의 손가락을 따라갔다.

배불뚝이 중년인을 지나 양손을 쥐고 비무대에 정신이 팔린 여인을 지나 당과를 입에 물고 오물거리는 아이를 지났다.

'서, 설마……!'

당백지는 고개를 흔들었다.

이 년 전에 죽은 사람이 이 자리에 와 있을 리가 없었다.

두근두근.

심장이 방정맞게 떨려왔다.

눈을 감았다가 마른침을 삼킨 후에 아주 조금씩 떴다. 긴 흑발에 흑의 무복을 입고 짙은 눈썹과 날 선 콧대, 그리고 한 번 닫히면 다시는 열리지 않을 것 같은 입술.

얼굴 윤곽이 기억 속의 한 사람과 똑같다는 것을 기억해 내면서 눈물이 흘러 볼을 촉촉하게 만들었다.

"적… 소협……."

적우강이 분명했다.

"언니, 왜 그래요? 봉이가 잘못한 거예요?"

당백지의 우는 얼굴을 보며 남궁봉이 곧이라도 같이 울 것처럼 울먹였다.

"아니… 봉이는 너무 잘했어. 고마워."

당백지는 그대로 남궁봉을 끌어안았다.

온몸이 찌르르 울렸다.

보고 싶은 사람을, 다시는 보지 못할 것이라 여겼던 사람을 다시 보게 된 것이다.

"어, 언니……."

"저 사람이 고개를 흔들 때는 이유가 있는 거야."

"아는 사람이에요?"

"알지. 아주 잘 알아. 아니, 알고 싶은 사람이야."

남궁봉은 당백지가 적우강을 안다고 하자 커다란 눈을 깜빡이며 말을 잇지 못했다.

"고마워. 고마워, 봉아. 고마워."

당백지는 자리에서 일어났다가 자신의 옷을 살펴봤다. 나쁘지 않은 경장 차림이었지만 이대로 가도 될지 자신이 생기지 않았다. 하지만 갈아입으러 가는 동안 적우강이 없어지는 건 더욱 싫었다.

구대문파의 명숙들이 앉아 있는 곳은 검무를 펼친 두 사람에 대한 평가로 분주했다.

"아름답고 화려한 검무였습니다."

"남궁 공자의 실력이 그토록 뛰어날 줄은 예상치 못했습니다."

"하북팽가는 언제 또 검을 가르쳤단 말입니까? 놀라울 따름입니다. 허허허."

"이제 곧 화 장문인의 아드님이 나올 차례군요. 성수궁에서 수련한 검은 또 어떤 건지 자못 궁금합니다. 흘흘흘."

구대문파의 명숙들은 매 군웅대회 때마다 먼저, 혹은 나중에 봤던 검무인데도 무척이나 즐거워했다. 아름다움이란 면을 중시하면서도 실력이 뒤따르지 않으면 웬만한 고수도 흉내 내기 힘든 것이 검무란 것을 다들 잘 아는 까닭이다.

팽소소의 검은 부드럽지 않았다. 오히려 남궁장청의 검이 부드럽고 은유로운 느낌이 강했다. 팽소소의 검을 감싸고 함께 조화를 이루었어야 하는데 남궁장청은 자신을 드러내고 싶어 팽소소와 거리를 두었다.

'저들은 상대의 소리를 듣지 않았다. 서로의 검을 맞대고 그 찰나의 순간에 서로의 소리를 들……!'

적우강은 남궁장청과 팽소소의 검무를 보다가 갑자기 새벽에 들었던 담 너머의 소리가 얼마나 대단한 반응이었는지를 떠올린 것이다.

담 너머에서 적우강의 소리를 받아내던 발 구름 소리의 주인은 기다려 주었고 반응을 해주었다. 남궁장청과 팽소소처럼 많은 연습을 통해 서로의 소리를 들은 것이 아니라, 적우강이 낸 잠깐의 소리를 통해 반응을 보여준 것이다.

"잘 봤어, 적 사제?"

가대건은 적우강을 돌아보다가 인상을 찌푸리고 있는 적우강을 보며 반색했다.

"역시 적 사제도 나와 같은 심정이었구나. 서로 잘난 척하는 걸 보여주기 위한 저런 춤은 보기 싫… 지 않은 모양이구나."

말을 번복할 수밖에 없는 것은 인상을 찌푸리고 있던 적우강이 갑자기 환한 미소를 지은 까닭이다.

가대건은 심통난 표정으로 돌아갔다.

비무대 위에 새로운 한 쌍이 올라왔다.

잘생겼다는 표현으론 부족할 정도로 미끈한 청년과 갸름한 얼굴형에 또렷한 이목구비, 단아한 몸매를 지닌 미인이 나란히 비무대 위에 섰다.

"호, 혼원예, 성수궁의 혼원예 소저다!"

"뭐? 강호삼미 중 그 혼원예 소저?"

"그렇다니까!"

"세상에!"

비무대 아래의 남자들이 난리법석을 부렸다.

화산 장문인 화군명의 아들인 화군악이 잘생겼다고 해도 남자다움은 혁련궁보다 떨어졌다. 반면에 혼원예의 미모는 하란미와 견줘도 전혀 손색이 없었다. 군웅들의 시선이 일제히 혼원예에게 향하는 것은 너무도 당연했다.

화군악은 시선들이 자신에게 향한 것도 아닌데 무척이나 득의한 표정이 됐다.

"시작하시오."

혁련궁의 말을 신호로 두 남녀의 움직임이 시작됐다.

화군악은 구궁보를 밟으며 혼원예의 주위를 맴돌다 그대로 청운신법을 사용해 허공으로 솟았다. 화군악의 행동이 느닷없이 보였지만 이미 두 사람이 약속한 상황이었다.

혼원예는 화군악이 허공으로 솟구칠 때까지 움직이지 않다가 처음으로 검을 들어 올렸다. 그리고는 힘겹게 뻗어 올린 검을 향해 혼원예 역시 신형을 띄우며 곧바로 화군악의 뒤를 따라 허공으로 솟구쳤다.

그러자 먼저 솟아올랐던 화군악이 양손을 겨드랑이에 붙이며 무서운 속도로 다시 혼원예에게 떨어져 내렸다.

"저, 저……."

사람들은 손에 땀을 쥐며 쳐다봤다.

땅—

경쾌한 소리와 함께 만들어낸 두 사람의 작품.

검극과 검극이 만나며 화군악은 허공으로, 혼원예는 땅으로 멀어졌다.

'점과 점이 만나 원을 이루며 하나가 됐어야 하는 것 아닌가? 두 사람은 계속해서 만나기는 하는데 부딪쳤다 떨어지는 동작이 전부구나.'

적우강은 화군악과 혼원예의 검무를 보며 건조함을 느끼고 말았다. 서로의 소리를 듣지 않는 면에서는 검식을 펼치는 것과 다를 바가 없기 때문이다.

아쉬웠다.

'조금만 검무의 형식을 달리했으면 참으로 아름다운 한 쌍이 됐을 텐데.'

가장 아쉬운 것은 두 사람은 서로의 눈을 보는 것이 아니라 검만 보고 있었다.

검무가 끝나고 비무대 중앙에 내려선 화군악과 혼원예는 만족스러운 표정으로 서로에게 포권을 취했을 뿐 그 이상의 감정을 나누는 행위는 없었다.

적우강은 결과를 보지 않아도 알 것 같았다.

남궁장청과 팽소소의 검무보다는 잘한 것 같지만 군웅들의 반응은 냉정했다.

'발 구름, 도약, 검을 뻗는 동작까지 어느 하나라도 소홀히

해서는 안 되는 것이 검무인데… 남궁 공자도 잘했고 화 공자도 잘했으나 오 년 전의 혁련 총순찰과 비교하면 무공도, 검무도 한참 떨어지는구나.'

무당파의 태극 진인은 속으로 혀를 찼다.

반백 년 가까이 검과 함께 살아온 그의 눈에는 오직 혁련궁과 하란미만이 들어올 뿐이었다.

"혁련궁 현 무림맹 총순찰과 하란세가의 하란미 소저, 앞으로 나와주시오."

혁련궁이 자리에서 일어나며 하란미에게 손을 뻗자, 하란미가 날 듯이 다가와 그 손에 손을 올려놓고 비무대 중앙으로 이동했다.

두 사람은 검을 수직으로 세웠다.

혁련궁은 하란미의 아름다운 얼굴을 바라봤다.

오래전부터 모든 것을 바쳐서라도 얻고 싶은 여인이 눈앞에 있었다. 하지만 혁련궁의 눈에는 설렘이 없었다.

"시작할까, 미 매?"

혁련궁의 말에 하란미는 모른 척 화사한 웃음으로 답했다.

투— 웅!

혁련궁은 하란미의 웃음을 대답으로 여기고 곧장 발을 퉁기며 몸을 미끄러뜨렸다. 그리고는 몸을 회전시키며 하란미의 등과 맞닿았다.

체온이 느껴지자 혁련궁은 상체를 앞으로 숙여 하란미의

상체를 얹고는 그대로 어깨를 폈다.

퉁—

움찔.

적우강은 혁련궁이 낸 소리에 자신도 모르게 몸이 반응하고 말았다.

"멋지구나!"

적우강의 눈이 커질 정도의 놀랄 광경이 이어졌다.

하란미가 허리에 차고 있던 요대 형태의 면검을 뽑아 혁련궁의 검을 감싸더니 그대로 허공으로 끌어 올린 것이다.

곧게 뻗은 혁련궁의 검을 감싼 하란미의 면검은 두 사람을 하나로 이었다.

군웅들은 저마다 탄성을 발했다.

부러워서, 아름다워서 터뜨린 탄성이었다.

허공으로 솟구친 하란미는 하늘이 마치 자신의 안방인 양 면검을 휘두르며 치장을 했다.

푸른 하늘이 온통 은린의 바다가 되었다.

그 은린들 사이,

혁련궁이 몇 번이고 신형을 뒤집으며 유영하듯 날아다녔다.

"멋지다!"

"최고다, 최고!"

하란미가 은린을 만들면 혁련궁은 그 사이를 유영했고, 면검이 흔들리며 애절한 음향을 흘리면 검을 뻗어 끌어 올리고는 다시 헤어졌다.

결국 땅에서 시작한 두 사람은 하늘에서 인연을 맺고 다시 땅으로 내려와 멈춰 섰다.

정적.

실수라고는 찾아볼 수 없는 완벽한 검무였다.

"와아아아아—!"

군중들은 일제히 환호하며 자리에서 일어나 두 사람을 향해 박수를 쳐주었다.

비무대 위의 강호명숙들 역시 흡족한 얼굴로 그 박수에 동참했다.

화군명이 두 사람에게 다가왔다.

"혁련 총순찰, 역시 대단한 검무요. 도대체 오 년 전에 비해 얼마나 강해진 것이오? 하하핫!"

화군명은 혁련궁의 검무가 아닌 무공에 대한 칭찬을 했다. 앞서 검무를 펼친 두 쌍의 무공은 훌륭했다. 하지만 혁련궁이 등장하는 순간 너무도 평이한 무공이 되고 만 것이다.

"후배들을 위해 앞으로는 나오지 않는 것이 좋겠소이다. 하하핫!"

"후한 평을 내려주셔서 감사할 따름입니다."

"후한 평은 무슨, 명숙들께서도 다들 혁련 총순찰만이 자하검을 받는 것이 당연하다고 여길 것이오."

겉으로는 웃고 있지만 속은 전혀 달랐다.

'이 자식아, 너 때문에 성수궁의 혼원예를 초청해 온 보람이 없어졌지 않느냐.'

화산파 내부적으로 이번 검무대회의 우승은 화군악과 혼원예가 확실하다는 평가가 지배적이었다.

혁련궁이 출전 의사를 밝히긴 했지만 그것은 어디까지나 구색을 맞추기 위한 들러리의 역할 이상은 아닐 거라 생각한 것이다.

그러나 화군명의 예상을 혁련궁은 단번에 깨뜨리고 말았다. 강호의 기린아에 무림맹의 총순찰이란 신분까지 꿰차고도 부족했던 모양이다.

'죽일 놈.'

화군명은 자하검을 주는 건 전혀 억울하지 않았다.

비밀을 풀기 위해 칠백 년 동안 노력했으나 그 모든 것은 전설일 뿐이란 결론을 내렸기 때문이다.

"곧 명숙들의 결정이 있을 걸세."

화군명이 강호명숙들을 돌아봤다.

"화 장문인, 아직 검무대회가 끝난 것이 아닙니다. 그렇지 않은가, 혁련 총순찰?"

육양 상인이 고개를 저으며 혁련궁을 바라봤다.

"하하하! 상인께선 기억하고 계셨군요. 맞습니다. 오 년 전에 저와 미 매는 검무대회에 신청하지 않았습니다. 군웅대회에서 만나 즉흥적으로 검무대회에 나가자고 결정을 내린 것이지요."

"이번에도 군웅들에게 기회를 주어야지. 또 아는가, 오 년 전과 같은 일이 일어날지. 허허허."

육양 상인의 말에 강호명숙들은 일제히 웃음을 터뜨렸다. 하지만 그들의 웃음은 어이없는 웃음이었다.

혁련궁과 하란미의 검무를 보고 도전할 생각을 가질 사람이 있다고 믿질 않는 것이다.

"강호동도 여러분! 저 혁련궁이 감히 청합니다! 오 년 전의 저와 하란미 소저처럼 검무에 도전하실 분이 계십니까?"

혁련궁의 생각도 강호명숙들과 같았다.

하란미와의 검무를 보기 전이라면 몰라도 본 후에 도전할 자가 나타난다는 것은 믿을 수 없는 일이었다.

잠시 주위를 둘러봤다.

군웅들 역시 혁련궁의 시선을 따라갔다.

역시 나서는 사람이 없었다.

"그럼……."

화군명이 결정을 내리려 할 때였다.

"여기 있어요!"

다급한 여인의 음성이 비무대를 쩌렁하게 울렸다.

"백지야!"

당가환은 자신도 모르게 자리에서 벌떡 일어섰다.

화군명의 말을 멈춘 여인은 조카인 당백지였다.

"아는 여인이오?"

나란히 앉아 있던 육양 상인이 의아한 듯이 물었다.

"제 조카아이입니다. 형님의 여식이지요."

"형님이시라면… 당가주님의 여식이란 말이오?"

"맞습니다."

"허! 당가주께 저런 곱디고운 여식이 있었구려."

"당가의 보물이지요."

"한데 누구와 검무를 추려고……."

육양 상인은 당백지의 뒤쪽을 살폈다. 하지만 당백지의 뒤를 따라오는 남자는 아무도 없었다.

"그래서 제가 놀란 것입니다. 남자라면 고개를 흔들던 아이가 무슨 일인지."

당가환은 비무대로 올라온 당백지를 부르기 위해 손을 들었으나 당백지는 고개조차 돌리지 않았다.

비무대 위로 올라온 당백지의 시선은 한곳에 고정되어 있었다.

희미한 웃음을 짓고서 당백지의 얼굴에 뭐라도 묻은 것처럼 뚫어지게 바라보는 청년이었다.

"적 소협?"

이번엔 육양 상인이 놀라 당가환과 나란히 섰다.

"아는 청년입니까?"

"아다마다요. 제가 이번 군웅대회에 출전할 수 있도록 추천한 사람입니다."

"어느 문파의 제자입니까?"

"……."

"상인?"

"그걸 모르겠습니다."

"예?"

"물어도 대답을 안 해주더군요."

"……."

당가환은 육양 상인의 엉터리 같은 대답에 인상을 쓰며 적우강을 쳐다봤다. 눈에 확 드러나는 미남은 아니었으나 출중한 기상이 느껴지는 외모였다.

'둘이 아는 사이였나? 백지가 나 몰래 만나는 사람이 있을 리가 없는데.'

당가환으로서는 당황할 수밖에 없는 상황이었다.

그런 당가환의 귀로 믿겨지지 않는 당백지의 음성이 들렸다.

"적 소협, 저와 한 쌍이 되어주세요."

적우강은 당백지를 보며 아무 말도 하지 못했다.

대답을 기다리는 시선들이 적우강에게 닿아 떨어지질 않았다.

"적 사제, 사람들이 보잖아. 어서 결정해. 당 소저를 데리고 내려오든지……."

가대건은 시선들이 마치 자신에게 쏠려 있는 것만 같아 얼굴까지 붉어지고 말았다.

"사형, 다녀올게요."

"그래, 당 소저가 무안하지 않게 잘… 어? 지, 지금 어딜 간다고… 흭!"

가대건은 적우강의 걸음이 비무대를 향하는 걸 보고 깜짝 놀랐다.

"저, 정말 검무를 추려고?"

"당 소저가 저기 있잖아요."

적우강의 말은 너무도 간단했다.

군웅들의 시선이 일제히 비무대로 향하는 적우강에게 집중됐다. 그 시선 중에는 적우강과 담 하나를 사이에 두고 있는 내일 비무대회의 출전자들도 있었다.

"저, 저……."

"왜?"

"새벽에 엄청난 소리를 내던 자가 저기 있잖아. 한데, 저자의 사제가 나선다고? 도대체 저 문파가 어디야?"

비무대회에 신청을 한 자들 중 새벽의 일을 본 사람들 얼굴이 완전히 일그러졌다.

"여인은 눈이 부셔 제대로 볼 수 없을 정도의 미인에다가 남자는 잘생긴 것은 둘째 치고 여인이 먼저 청하게 만드는 기남이로구나."

"남자가 대단한 거야, 여자가 대단한 거야?"

"둘 다 대단한 거야."

군웅들은 농담과 질투를 담아 두 남녀에게 환호를 보냈다.

분위기가 이상하게 흐르자 모든 시선을 받던 혁련궁과 하란미는 이채를 발하며 걸어오는 적우강과 당백지를 번갈아 바라봤다.

어느새 적우강이 비무대 위로 올라와 당백지를 향해 가슴을 연 채로 섰다.

당백지의 눈에는 오로지 적우강만이 보였다.

저 굳게 닫힌 입이 열리며 나오는 목소리를 들어야 살아 있다는 것을 믿을 것 같았다.

"그건 아닌 것 같소, 당 소저."

"......!"

당백지는 고개를 젓는 적우강을 보며 머릿속이 하얗게 비는 것 같았다.

두 사람을 지켜보던 모든 사람들 역시 할 말을 잃고 멍하니 바라보기만 했다.

"내가 할 말을 가로채면 안 되죠. 나와 검무를 추지 않겠습니까, 당 소저?"

적우강이 늠름하게 가슴을 펴며 당백지에게 청했다.

그 모습이 어찌나 당당한지 당백지는 순간적으로 당황해서 대답을 하지 못했다.

"너무 늦었나요?"

평범한 질문이었으나 당백지의 귀에는 너무도 많은 얘기가 담겨 있는 말이었다.

"아, 아뇨. 그렇게 많이 늦지 않았어요."

당백지는 얼굴을 활짝 편 채로 눈가에는 눈물을 그렁거렸다. 이 년 전, 음양공자 곽일비로부터 구해준 뒤 적우강의 얼굴을 한시도 잊어본 적이 없었다.

강효의 암습에 심장이 멈춘 적우강을 안고서 울던 것이 떠올랐다. 어떻게 살았는지 물어볼 엄두도 나지 않았다.

"무슨 사연이 있는지 모르지만 군웅들이 모두 두 사람을 보고 있구려. 해후는 나중에 나누고, 검무를 추시겠소?"

화군명의 냉정한 목소리가 두 사람을 일깨웠다.

평범한 무복 차림에 무공도 그리 강해 보이지 않는 청년의 사람들 시선 끌어 모으기를 내버려 둘 화군명이 아니었다.

척.

적우강은 검면이 앞을 향하도록 한 후 당백지를 바라봤다.

第五章
주정민

"저 녀석이오."

경묵기는 지나치게 눈썹이 긴 종남파의 이대제자 문오언에게 비무대 위를 가리켰다.

"저자가 정말로 점창파의 생존자란 말이오?"

삼십을 살짝 넘긴 나이에 어울리지 않는 잘생긴 외모 때문에 장미검이란 별호를 갖고 있는 문오언이 믿기지 않는다는 듯이 물었다.

"그렇소. 직접 방명록에 점창파 출신이라고 적었다니 맞지 않겠소?"

"흠……."

문오언이 침음을 발했다.

"후후후."

대단한 사건이라도 난 것처럼 반응하는 문오언이 우스웠
는지 경묵기가 갑자기 웃었다.

"뭐가 우습소?"

"점창파는 멸문했소."

"저자가 살아 있으니 그게 문제 아니오?"

"문제가 된다? 어째서 말이오? 점창파를 멸문시킨 건 마중
천이지 않소?"

"그, 그거야……."

문오언은 차마 말을 못하겠는지 망설이다가 입을 다물었
다.

"나는 점창파의 무공이 절전되지 않은 것이 얼마나 기쁜지
모르겠소."

"경 대협, 그게 왜 다행이란 말이오?"

"한번 달리 생각해 보시오. 저자는 우리가 마중천의 이동
을 모른 척한 걸 어차피 영원히 모를 거요. 저자는 결국 마중
천에 복수를 한답시고 날뛰다 죽을 테고, 우리가 한 일은 지
금까지와 마찬가지로 아무도 모르는 일이 되는 것이오. 하하
하."

"……."

문오언은 잠시 생각에 잠긴 척했으나 이내 경묵기와 마찬

가지로 눈썹을 흔들며 따라 웃었다.

점창파는 정도의 문파였다.

적우강이 나타난 것은 무림맹의 입장에서 보면 충분히 환영할 만한 일이 분명했다.

*   *   *

이 년 만에 두 사람이 만났다.

적우강과 당백지는 서로의 눈을 바라봤다.

어떤 식으로 검무를 추자고 약속한 적도 없었다.

슥.

검을 쥐고 있는 어설픈 그녀의 손에서 검이 빠져나왔다. 아니, 검을 날렸다. 적우강이 막을 것이란 믿음이 없으면 불가능한 행동이었다.

적우강은 웃었다.

검무를 춘다는 생각은 이미 버리고 있었다.

하란미가 면검으로 혁련궁의 검을 휘감는 것을 봤다.

배우고 익힌 무공이라고는 오직 암기 수법인 만천화우가 전부인 그녀로서는 가장 자신있는 움직임을 위해 검을 암기처럼 다룬 것이다.

당백지는 검을 날리며 검을 다시 되돌려 달라고 눈으로 말했다. 귀로 들어야 듣는 것은 아니었다. 눈으로 보는 소리도 귀로 들을 수 있었다.

적우강의 눈으로 당백지의 말이 들렸다.

다가오는 당백지의 검을 되돌려주었다.

당백지는 활짝 웃으며 되돌아오는 검을 허공에서 발과 발 사이에 끼고 올곧이 뻗은 다리로 탁 비틀더니 다시 적우강에게로 보냈다.

적우강의 얼굴에 미소가 얹혀졌다.

이런 느낌이라면 받아낼 수 있을 것 같았다.

가각!

적우강은 되돌아온 당백지의 검에 자신의 검을 댔다.

회전하는 힘이 한쪽으로 쏠리는 것을 느끼며 그 힘을 이용해 몸을 반대로 돌렸다. 당백지의 위치를 확인한 후 떨어지는 곳 아래로 검을 되돌려주었다.

쉬리릭.

동시에 적우강 역시 허공으로 떠올랐다.

당백지는 날아오는 검을 한쪽 발로 가볍게 차면서 다른 발로 더 빨리 회전시키며 재차 도약했다.

그 모습에 군웅들이 일제히 환호를 터뜨렸다.

"와아아아! 멋지다!"

환호가 끝나기도 전에 당백지의 동작은 다음 동작으로 이어졌다. 올라탔으니 다시 되돌려주어야 했다. 검자루를 손에 쥐고 적우강을 향해 날렸다.

챙!

당백지가 날린 검은 허공에서 적우강의 검과 짧게 부딪쳤다.

긴 부딪침은 길게, 짧은 부딪침은 짧게.

간단하면서도 명확한 두 사람만의 대화가 계속해서 이어졌다. 이대로라면 멈추라고 하기 전까지는 두 사람 모두 허공에서 내려오지 않을지도 몰랐다.

"대단하구려. 검을 암기처럼 사용해서 검무를 펼친다는 생각을 누가 할 수 있었겠소. 당 대협, 대단한 조카를 두셨습니다."

육양 상인은 진심으로 감탄했다.

"그, 그렇구려. 나도 내 조카의 성취가 저 정도일 줄은 몰랐소."

당가환 역시 감탄하고 있었다.

저런 식의 검무를 출 수 있는 사람이 있다면 현 강호에서 오직 당백지뿐일 것이다.

'어릴 때부터 만천화우를 고집하더니 이런 식으로 강호에 자신을 알리는구나.'

당가환은 쌍을 이룬 적우강이란 청년이야 아무래도 상관없었다. 당백지를 바라보는 강호명숙들의 시선만 봐도 배가 부를 지경이었다.

다른 쌍들은 허공에서 한 번, 혹은 많아야 세 번 정도의 만

남을 이루는 것에 반해 적우강과 당백지는 쉼없이 검을 주고 받으며 허공에서 계속해서 자세를 유지했다.

적우강이 당백지의 소리를 듣기에 가능했다.

적우강은 너무도 쉽게 당백지의 검을 받았고, 그 검을 타고 돌았다.

"아미타불, 저 모습을 뭐라고 표현해야 할지 모르겠구려. 허허허."

대지 선사는 아직도 허공에 떠 있는 두 사람을 보며 감탄했다.

"무공이라고 하기도 뭐하고 검무라고 하기도 뭐하고. 제가 보기엔 저 두 사람은 앞서 검무를 펼친 두 쌍에 비해 무공은 모자랍니다. 하나, 그 모자람을 충분히 보충할 만큼… 멋있군요."

태극 진인은 흐뭇한 표정으로 고개를 끄덕였다.

다른 명숙들은 아직 결정을 내리지 못하고 있었다.

심사의 기준을 어느 쪽으로 정하느냐의 고민에 빠진 것이다.

무공만 놓고 보면 혁련궁과 하란미 쌍이 우승이었지만 조화로움을 기준으로 심사를 한다면 적우강과 당백지의 우승이라고 외쳐도 충분했다.

'이런 영감탱이들, 당연히 백지와 저 녀석이 우승이지. 검무에 실력은 무슨 얼어죽을.'

당가환은 겉으로는 웃고 있었지만 속은 애가 탔다.

전혀 상관없는 쌍의 심사를 할 때는 몰랐으나 막상 당백지를 보자 살짝 욕심이 난 것이다.

"조카라서가 아니라 바닥에 내려서는 모습도 멋지군요. 흠흠."

당가환이 헛기침을 하며 은근히 당백지를 두둔했다.

심사는 관계된 사람을 제외한 명숙들의 의견으로 결정나게 되어 있었다.

화군명이 대지 선사와 태극 진인 등과 진지하게 대화를 하더니 난감한 표정이 되어 다시 한 번 명숙들을 돌아봤다.

"그럼 그렇게……."

"…현명한 판단인 듯합니다."

이내 화군명은 자리에서 일어나 비무대 중앙으로 걸어나왔다.

"검무대회의 우승은……."

화산파에 마련된 비무대 위에 있는 사람과 비무대를 바라보는 수많은 군웅들이 일제히 마지막 화군명의 말을 듣기 위해 촉각을 곤두세웠다.

"…혁련궁과 하란미 쌍입니다."

반응은 곧바로 나오지 않았다.

멀리 있던 군웅들이 소리를 지르며 환호를 유도했다.

"와아아아아!"

어느 쪽이 우승을 해도 상관없는 군웅들이 그 환호에 편승해서 함께 소리쳤다.

'멋지군. 즉흥적으로 만들어낸 검무치고는 훌륭해. 좀 더 이름있는 문파였으면 명숙들도 인정했을 텐데. 아깝군.'

혁련궁의 진심이었다.

부운등공의 신법을 펼쳐 허공에 몸을 띄운 자신보다 당백지의 검을 이용해 몸을 띄운 적우강의 자세는 놀라웠다. 이미 승부는 나 있었다. 적우강과 당백지가 혁련궁과 하란미를 집중하게 만들었을 때부터.

자하검을 건네는 화군명도 그것을 알고 있었지만 혁련궁이 아니면 자신의 아들이 자하검을 받아야 했다. 그것을 보도 듣도 못한 녀석에게 줄 수는 없었다.

"받게."

많은 의미가 담긴 한마디였다.

혁련궁은 아무 말 없이 자하검을 받아 들며 하란미를 돌아봤다. 오 년 전에 우승할 때와 똑같은 순간이었는데 하란미는 전혀 기뻐하지 않았다.

"당가에 대단한 재녀가 탄생했군."

"그녀를 빛나게 한 것은 적 소협이에요."

하란미는 어느새 적우강의 이름을 외운 모양이다.

비무대를 당백지가 먼저 내려가고 적우강이 그 뒤를 따르고 있었다.

"적 소협."

혁련궁의 부름에 적우강이 뒤를 돌아봤다.

"내일 비무대회 때도 볼 수 있소?"

"당연히 나갑니다."

적우강은 웃으며 대답했다.

이곳에 온 목적이 비무대회인 사람에게 출전 여부를 물었기 때문이다.

"사문이 어디인가?"

"점창파입니다."

"……!"

적우강의 대답에 혁련궁의 안색이 순간적이긴 했지만 살짝 굳었다가 원래대로 돌아갔다.

'가만, 저자는 새벽의 그 청년… 당 소저도 알고 있다고?'

혁련궁은 당백지가 가대건에게 다가가 반갑게 인사를 나누는 모습에 이채를 발했다.

가대건은 적우강과 함께 비무대 아래로 내려오는 당백지를 바라봤다. 당백지의 아름다운 얼굴을 보고 있었다. 아니, 아름다운 얼굴을 다시 보게 해준 한 사람을 떠올리고 있었다.

주정민.

당백지를 데리고 가던 그의 마지막 모습을 기억하는 까닭이다.

'녀석은 구 사형의 명령을 잘 지켰구나.'

물어보고 싶었다.

그들이 어디 있는지 당장 찾아가고 싶었다.

"살아… 계셨네요."

당백지의 목소리가 많이 떨렸다.

이 년 전 그날, 그 자리에 있던 그녀로서는 적우강 외에 가대건까지 살아 있다는 사실을 믿기 힘들었다.

"그럼요. 녀석은 살아… 있나요?"

가대건은 머리를 긁적이다 조심스럽게 입을 열었다.

당백지의 입이 열리지 않았다.

적우강과 가대건의 눈이 어두워졌다.

"주 소협이 많이… 좋아할 거예요. 정말 많이 보고 싶어하셨거든요."

"……!"

"……!"

적우강과 가대건의 얼굴이 그대로 굳어버렸다.

소름이 돋는지 팔을 문지르고 얼굴을 비벼댔다.

분명히 당백지는 주정민이 살아 있다고 말하고 있었다.

"지금 오빠와 함께 이곳으로 오고 있는 중이에요."

"자, 잠깐. 죄송한데요, 호, 혹시 당 소저가 말한 사람이 주정민… 인가요?"

가대건이 간절한 염원을 담아 물었다.

"그분이 저를 구해주셨어요."

"아!"

당백지의 대답에 적우강은 탄성과 함께 자신도 모르게 주먹을 꾹 쥐었다. 그토록 보고 싶었던 사형들 중 한 사람을 만날 수 있게 된 것이다.

"주 사형은 언제 도착하나요, 당 소저?"

"오빠가 비무대회에 참석해야 하니까 늦어도 오늘이나 내일 저녁에는 올 거예요."

당백지는 적우강의 눈동자가 계속해서 떨리는 것을 보며 자신의 일이라도 되는 것처럼 기뻐했다.

이때, 세 사람이 있는 곳으로 그림자가 드리워졌다.

"어제 봤죠, 당 소저?"

"아, 혁련 총순찰님."

"이럴 줄 알았으면 어제 조금 더 잘 보일 걸 그랬습니다. 하하하!"

혁련궁이 심통이 난다는 표정으로 하란미와 함께 다가왔다.

"정말 아름다우세요, 당 소저."

"가, 감사해요, 하란 소저."

당백지는 하란미의 칭찬에 얼굴이 붉어졌다.

"혁련 가가께서 드릴 선물이 있다고 해서 왔어요. 당 소저의 용기라면 충분히 자격이 된다고 생각해요."

"예?"

당백지가 어리둥절한 눈으로 적우강을 돌아봤다.

적우강이라고 알 도리가 없었다.

"호호호! 혁련 가가?"

"미 매가 전하시오."

"그래도 혁련 가가께서 드리셔야지요."

하란미가 혁련궁의 등을 떠밀었다.

"대단한 검무였소, 두 분. 오 년 전에 이어 이번에도 우승을 할 줄은 몰랐소."

오만한 말이었지만 듣고 있는 사람들에겐 전혀 그렇게 들리지 않았다. 한 사람을 빼곤.

"염장 지를 일 있나."

가대건의 혼잣말에 적우강과 당백지는 당황하며 혁련궁을 돌아봤다.

"솔직한 분이시군요."

혁련궁의 말에 적우강과 당백지가 깜짝 놀랐다.

화를 내는 것이 아니라 가대건의 행동을 받아들이는 모습이 특이했기 때문이다.

"가대건이오. 아깝게 우승을 놓친 사람들을 위로하실 생각이 아니라면 이만 돌아가 주시죠."

"하하하! 재미난 분이시군요. 위로보다 선물은 어떻겠습니까?"

"서, 선물?"

어리둥절해하는 가대건과 달리 당백지와 하란미는 바짝 긴장한 표정이 됐다. 혁련궁의 입장이라면 손을 써도 하나 이상할 것 없는 상황이었기 때문이다.

"그렇소."

혁련궁은 두 여인의 걱정을 한 방에 날려 버렸다.

'저 자존심 강한 분이 참아?'

하란미는 깜짝 놀라 혁련궁을 쳐다봤다.

혁련궁의 새로운 면이 신선하게 느껴진 탓이다.

"후후후, 이 검은 아무래도 우리보다 자네에게 어울릴 것 같군. 선물이라 생각하게."

혁련궁이 불쑥 자하검을 적우강에게 건넸다.

"상으로 받으신 보물인데 그럴 수는 없지요."

적우강은 담담하게 거절했다.

"화산 장문인께는 허락을 구했네."

"그래도 받을 수는 없습니다."

"이 검은 내게 하등의 소용이 없는 물건일세. 받아도 되니 받게."

혁련궁은 적우강에게 검을 뻗었다.

"거절합니다."

적우강은 혁련궁의 손을 막았다.

그때였다.

팍.

"……!"

혁련궁의 손에 들린 자하검에 검이 닿는 순간 엄청난 진기가 팔을 마비시키며 그대로 들고 있던 검을 떨어뜨리고 말았다.

"이제 검을 받을 수 있게 된 건가?"

"……."

"……."

두 사람 사이에 긴장감이 급격히 팽창했다.

서로의 눈을 똑바로 응시한 채 두 사람 모두 물러설 기미를 보이지 않았다.

지켜보는 사람들도 숨을 죽였다.

그때, 적우강이 갑자기 '픽' 하고 실소를 터뜨렸다.

"받겠습니다. 하나 혁련 총순찰께서 제 검을 깨뜨린 대가로 받는 것뿐입니다."

"마음대로."

적우강은 자하검을 향해 손을 뻗었다.

그러나 그냥 손만 뻗은 것은 아니었다.

혁련궁의 손에 닿기 바로 직전,

팍!

짧은 음향과 함께 놀라운 일이 벌어졌다.

혁련궁의 손이 펴져 있었고, 적우강의 손에 자하검이 들려 있었다.

'내가 진기를 거두는 순간을 기다렸던 건가?'

혁련궁은 자신의 의지로 손을 편 것이 아니었다.

멋진 반격이었다.

적우강에게서 가대건으로 시선을 돌렸다.

'사제가 이 정도라면 사형이란 자의 실력은 어느 정도지? 제대로 된 자들이 살아남은 모양이군.'

"혁련 가가……."

"적 소협, 멋진 수법이었소. 내일 대회, 기대하리다."

혁련궁은 웃으며 하란미와 함께 돌아섰다.

몇 걸음이나 걸어갔을까?

혁련궁이 갑자기 걸음을 멈추었다.

적우강은 그때까지 혁련궁을 보고 있었다.

천천히 돌아선 혁련궁과 적우강의 눈이 다시 한 번 부딪쳤다.

'왜 적 소협의 손에서… 같은 사문이라 그런 건가?'

혁련궁은 손을 주억거렸다.

새벽에 가슴을 울렁이게 만들었던 소리가 손을 통해 전해진 것 같은 착각 때문이었다.

그러나 이내 고개를 흔들었다.

가대건이 옆에 있었기 때문이다.

"혁련 가가, 왜 그러세요?"

"응? 아니오, 미 매."

"오늘 정말 이상한 것 아세요?"

"내가? 나는 항상 똑같았는데 뭐가 이상하다는 건지 모르겠군. 하하하!"

적우강은 웃으며 걸어가는 혁련궁을 보며 표정이 어두워졌다.

'저 사람의 손에서 느껴지는 기운이 약해질 때를 노리지 않았다면 과연 손바닥을 펴게 만들 수 있었을까? 대단한 사람이다. 몸만 정상이었어도……'

아쉬웠다.

현천진기를 전력으로 사용했음에도 겨우 혁련궁의 손바닥만 펴게 했을 뿐이다.

혁련궁이 검을 놓치고 물러서게 하려는 의도와 달리 겨우 그 정도의 미미한 결과를 만든 것이다.

현천진기의 순간적인 폭발은 분명히 혁련궁을 놀라게 했으나 그로 인해 자연스럽게 일어난 혁련궁의 반탄력에 의해 오히려 적우강이 물러설 뻔했다.

'강한 자가 참 많구나.'

오후 햇살이 무척 뜨거웠다.

적우강과 가대건의 거처를 물어 찾아간 당가환은 들어서기 전에 기침을 했다.

"백지야, 이곳에 있느냐?"

거처의 주인인 적우강을 찾는 것이 아니라 당백지를 찾아 왔다는 것을 노골적으로 드러낸 말이었다.

안에서 세 사람이 동시에 밖으로 나왔다.

"당 대협!"

적우강과 가대건은 당가환을 보고 급히 포권을 취했다. 당 백지에게서 당가환이 사부인 서벽풍의 오랜 지기라는 것을 들은 까닭이다.

"일 다 봤느냐?"

"숙부님, 이분들이 바로 서……."

당백지는 기쁜 목소리로 적우강과 가대건을 소개해 주려 했다.

"됐다. 그만 돌아가자."

"예?"

당백지가 멍한 눈이 되어 당가환을 쳐다봤다.

이상했다. 평소에 알고 있는 당가환이 아니었다.

자상함이 사라진 당가환의 눈이 무척이나 냉정했다.

"서벽풍 문주님의 제자들이세요."

"……."

"제 목숨을 구해준 분들이라고요. 숙부님, 이 년 전에 제가 무슨 일을 겪었는지 아시잖아요."

"자네들 중 문 장문인의 가르침을 받은 사람이 누군가?"

"접니다."

적우강이 한 발 앞으로 나섰다.

"문 장문인은 죽었는데 누가 자네에게 절기를 전수한 거지?"

당가환이 따지듯이 물었다.

적우강은 질문에 곧바로 대답하지 않고 잠시 당가환을 바라봤다. 꾸짖듯이 말하는 당가환의 모습이 무척이나 고압적이었다.

"점창파 내부의 일입니다."

적우강의 목소리가 딱딱해졌다.

당가환의 태도는 부드럽게 대답할 수 없게 만들었다.

"말할 수 없다? 그럼 점창파의 이름만 갖고 출전을 한 건가? 문 장문인의 진전을 얼마나 이었지?"

당가환은 지나칠 정도로 적우강을 몰아세웠다. 싸늘히 바라보는 눈빛과 기를 누르려는 권위가 그대로 드러났다.

'답답하다.'

적우강은 당가환이 뿜어내는 기세로 가슴이 답답해졌다. 특별한 이유 없이 실력만 있으면 상대를 이런 식으로 눌러도 되는 것이 정도의 관례인 모양이다.

문일선과 서벽풍은 전혀 그렇지 않았다.

누구든 점창파에 들면 평등하게 대해주었다.

적우강 역시 두 사람의 가르침을 따르고 있었다.

당가환이 어떻게 문일선을 알고 있는지 문득 궁금해졌다.

"당 대협께서 인정을 할 수 있어야 제가 점창파의 제자가 된다는 뜻으로 들리는군요."

"문 장문인은 강한 사람이었다. 그런 분의 제자라면 응당 내가 인정할 수준은 돼야지. 그 정도도 안 된다면 무시당해도 싸지."

당가환의 대답에 적우강은 실소했다.

"우습군요. 점창파의 일을 왜 당 대협께 인정받아야 한다는 겁니까? 일단 사형들한테 인정받으면 그때 다시 찾아뵙도록 하겠습니다."

"사형들?"

당가환은 냉소했다.

"주 사형이 당 소저를 구해서 당가로 갔다고 들었습니다."

"점창파 사람은 당가에 없네."

당가환은 일말의 주저함도 없었다.

"숙부님, 그게 무슨 말씀이세요. 주 소협이 오빠와 함께 내일 오기로 되어 있잖아요?"

"당가의 주정민은 오기로 되어 있지만 점창파의 주정민이 온다는 말은 들은 적이 없다."

오해의 소지가 다분한 말이었다.

잘못 들으면 주정민이 점창파를 버렸다는 말처럼 들릴 수 있기 때문이다.

당백지가 아는 한 주정민은 그럴 사람이 아니었다.

"무슨 말씀이세요, 숙부님? 그분은 점창파의 제자세요. 적 소협, 숙부께서 뭔가 잘못 알고 계신 거예요."

당백지는 고개를 좌우로 흔들었다.

적우강의 생각으로도 그건 있을 수 없는 일이었다.

"당 소저, 알고 있어요. 주 사형에게 들으면 됩니다."

적우강은 흔들리지 않았다.

그 모습에 당가환은 실소를 터뜨렸다.

"내일 온다니 물어보면 되겠지. 백지야, 그건 적 소협이 알아서 하라고 하고 우린 돌아가자꾸나."

"숙부님……."

"어서."

"……"

"백지야."

"나누지 못한 얘기가 많아요, 숙부님. 좀 더 있다가 숙소로 돌아갈게요."

당백지는 곧바로 대답하지 않고 숨을 크게 내쉰 후에 또렷하게 자신의 의사를 밝혔다. 너무도 당당해서 오히려 당가환이 머뭇거릴 정도였다.

"제가 모셔다 드리겠습니다. 걱정하지 마십시오."

"후후후, 백지를 자네가 데려다 준다는데 걱정하지 말라고? 그게 가장 걱정스럽군."

당가환은 의미 모를 웃음을 지었다.

"그래도 저는 곁에 있는 사람을 없는 사람이라고 하진 않습니다."

"뭐라!"

"숙부님!"

당백지가 앞으로 나서며 당가환의 말을 막았다.

"백지야, 너는 당가 사람이야. 그런데도 저 녀석을 감싸고 돌 테냐?"

"당가 사람이니까 이러는 거예요. 지금 숙부께선 실수하고 계세요."

당가환은 수염을 부르르 떨었다.

그 모습을 보는 가대건은 혼자서 히죽 웃었다.

'적 사제의 모습은 영락없이 장문대행님의 생전 모습과 똑같구나. 닮았어, 저 당당함. 히히히.'

"나중에 따로 얘기하자."

당가환은 적우강을 돌아보고는 돌아섰다.

그가 세 사람 앞에서 완전히 사라졌을 때 가대건은 웃으며 적우강의 어깨를 두드렸다.

"당 소저에겐 미안하지만, 잘했다."

"……."

적우강의 표정이 좋지 않았다.

"적 사제?"

"후회하고 있습니다. 저 때문에 주 사형이 곤란한 일을 겪을까 봐서요."

"에이, 설마."

가대건은 아니라고 말은 했지만 조금 전의 당가환을 떠올리자 자신을 할 수 없었다.

"이 년 동안 다른 건 생각해 본 적 없어요, 당 소저. 사형들만 살아 있게 해달라고 빌었어요. 만약이라도……."

"그런 일 없어요."

"만약이라고 하잖아요."

"그런 일 없어요."

"……."

"주 소협이 아니었으면 제 목숨은 그날 마중천의 무리에게 사라졌을 거예요. 숙부님의 말이 사실이라면 저는 당씨 성을 버릴 수도 있어요."

"다, 당 소저."

"정말이에요."

당백지의 단호함에 말을 꺼낸 적우강조차 말문이 막히고 말았다.

적우강과 당백지는 그 상태로 눈을 마주 본 채로 서 있었다. 가대건은 괜히 중간에 끼어서 눈치만 봐야 했다.

"아!"

가대건의 감탄사에 두 사람이 쳐다봤다.

"적 사제, 잠시 다녀올 곳이 생각났다."

"어디요?"

"없어도 있어!"

적우강과 당백지는 할 말을 잃고 머쓱하게 웃기만 했다.

적우강은 방으로 들어가 깨끗하게 접은 천을 들고 나와 당백지가 앉을 자리에 놓아주었다.

당백지가 자리에 앉자 그 옆에 나란히 앉았다.

"……."

"……."

가대건이 있을 때는 무슨 할 말이 그리도 많은지 청명각에서 사형제들과 함께 지냈던 얘기가 끝도 없이 이어졌으나 당가환의 한마디로 더 이상 사형제들의 얘기를 꺼내는 것이 어색해지고 말았다.

"참, 자하검 볼래요? 잠깐만요."

당백지가 뭐라고 답하기도 전에 적우강은 방으로 들어가 자하검을 들고 다시 나왔다.

뭉툭한 느낌의 검이었다.

당백지는 검을 손으로 쓸어보았다.

쫙 펴진 그녀의 손이 적우강의 눈에 들어왔다.

적우강은 그 손이 옥빛보다 깨끗하다고 생각했다.

"어때요?"

"꺼내봐도 돼요?"

"그럼요. 아! 당 소저가 지니실래요?"

"호호호! 저는 검을 안 써요."

"참, 그렇지."

"그래도 구경은 할래요."

당백지는 어린애처럼 활짝 웃으며 자하검을 꺼내기 위해 힘을 주었다. 가볍게 뽑으면 될 것 같았던 자하검에 힘을 주었는데도 검집이 빽빽한지 검신이 빠져나오지 않았다.

"왜 그러세요?"

"안 빠져요."

"이리 줘보세요."

"힘을 많이 써야 해요."

적우강은 당백지의 말에 현천진기를 끌어올려 자하검을 뽑으려 했다. 순간, 검집에서 '틱' 하는 소리와 함께 검신과 검집이 분리됐다.

"어?"

"어?"

두 사람의 입에서 동시에 당황스런 말이 튀어나왔다.

*   *   *

화군악은 혼원예를 데려다 주고 난 후에 자신의 거처로 갔다. 검무대회에는 별로 신경 쓰지 않는 것 같던 혼원예의 태도가 무척이나 쌀쌀맞았다.

성수궁이라는 배경뿐 아니라 혼원예 자체가 매력이 넘치는 여인이었다. 두 가지 중 한 가지만 얻어도 화군악에게는 더할 나위 없이 좋은 기회였는데 둘 다 허사가 된 모양이다.

"망할!"

쿵!

바닥에 선명한 발자국을 남기고 짜증스런 얼굴로 주위를 둘러봤다. 기다리라고 했던 마차가 어디론가 가버리고 없었다.

"이 게으른 절름발이 마부! 어디 있어!"

화군악이 버럭 소리를 지르자 그제야 귀퉁이 쪽에서 누군가가 비틀거리며 일어나는 모습이 보였다.

"고, 공자님, 여기 있습니다. 곧 마차를 대령하겠습니다."

마부는 작은 키에 산발한 머리를 하고 누빈 옷을 입고 있었다. 절룩거리며 재빨리 뒤쪽으로 가서는 마차를 끌고 화군악 앞에 도착했다.

"병신이 아주 꼴값을 하는구나. 내가 기다리라고 했지?"

"안 보이는 곳에서 기다……."

퍽!

화군악이 언제 손을 썼는지 대답하던 마부가 상체를 휘청하며 옆으로 쓰러졌다. 그나마 간신히 마부석에 매달린 덕분에 더 이상은 맞지 않았다.

"저런 병신. 내가 언제 그런 말을 했어? 기다리라면 기다리란 말이야! 알아? 알아들었어?"

손가락으로 마부를 가리킨 것뿐인데 마부의 머리는 이리저리 흔들렸다. 지력을 실어 손가락질을 한 까닭이다.

마부는 수모를 당하면서도 한마디 못하고 조용히 다시 자리에 앉았다.

"한 장로님의 추천만 아니었으면 벌써 나가 뒈졌을 놈이 아주 꼴값을 해요, 꼴값을. 가!"

"예."

"마차 문 안 닫아!"

화군악이 또다시 버럭 소리를 질렀다.

마부는 불편한 다리를 끌고 내려와 마차 문을 닫으려 했다.

퍽!

마부가 다시 뒤로 나뒹굴었다.

"으이구, 저 병신을 왜 마부로 준 거야!"

탕!

화군악은 의자에 등을 기대며 고개를 돌려 버렸다.

마부는 주섬주섬 일어나 다시 마부석으로 올라갔다.

"빨리 안 가!"

짜증 섞인 목소리가 출발을 재촉했다.

"추, 출발하겠습니다."

마부는 이마에 묻은 피를 닦으며 말을 몰았다.

두두두두!

화군악이 거처에서 내리고 난 후 마부는 마구간으로 가서 말을 묶은 뒤, 몸만 딱 눕힐 수 있는 공간으로 몸을 들이밀었다.

화산에 들어온 지 일 년 반.

여섯 달 동안 낭인으로 지내다 우연히 만난 화산파의 장로 한 명에 의해 마부로 일하게 됐다.

"크크큭, 할 줄 아는 것 하나도 없는 절름발이를 받아준 것만 해도 감지덕지지. 그럼, 감지덕지지. 크큭, 크하하하."

자조 섞인 웃음이었다.

마부는 눈물 섞인 웃음과 함께 자신의 발을 쳐다봤다. 얼마 전까지만 해도 감각이 남아 있었는데 이제는 아예 감각도 느껴지질 않았다.

"가끔씩이라도 내가 아직 살아 있다는 걸 깨닫게 해준 녀석인데… 너도 이제 날 떠나려는 모양이구나. 감각이 없어. 크크큭. 그래도 나는 청명각의 대사형이었는데……. 후아, 비무대회나 구경할까? 화군악이 출전한다니 그동안은 꽤나 편한 시간이 되겠군. 크크큭."

이렇게 오늘도 무의미한 하루가 지나갔다.

구자귀는 오늘도 왜 살아야 하는지 스스로에게 물어야 했다. 언제나 결론은 보고 싶은 사제들 때문이었다.

* * *

자하검은 가대건의 검과 길이는 엇비슷했고 두께만 두 배 정도 차이가 났다. 하지만 아무리 살펴봐도 특이한 구석이라고는 찾아볼 수 없었다.

스릉.

단아한 촉감과 새벽 달빛을 반사하는 검신만 봐서는 명검이란 것에 이견이 없었다. 보고 있는 것만으로도 가슴이 다 시원하게 뚫리는 것 같을 정도로 맑은 검신이었다.

"날이 이렇게 무뎌서야……. 아니지, 날이 무뎌서 다행이라고 해야 하나? 하하하."

적우강은 낮게 한숨을 내쉬었다.

검신은 아름다우나 날이 서지 않은 검을 들고 비무대회에 참가해야 할지, 아니면 가대건의 말처럼 다른 검으로 바꿔서 나가야 할지 고민됐다.

그러나 결정은 의외로 금방 났다.

자하검을 보니 점창파에서 수련할 때 사용하던 목검과 그 용도가 비슷하게 느껴진 탓이다.

"좋아, 목검처럼 다뤄주지. 혁련궁이란 사람의 의도도 의심하지 말고. 그는 진심으로 선물을 한 것이고 나는 받은 것이다. 이왕 뽑았으니 수련이나 해볼까."

슥.

고개를 들어 위쪽 담을 쳐다봤다. 그리고는 곧바로 어제와
마찬가지로 힘껏 발 구름을 했다.

쾅—

"……."

반응을 기다리며 자세를 멈췄다. 하지만 아무리 기다려도
위쪽에선 아무런 반응이 없었다.

이때, 방문이 열리며 가대건이 나왔다.

"가 사형?"

적우강은 가대건을 보며 깜짝 놀랐다.

검을 차고 영웅건까지 두른 모습이 마치 결전을 치르러 나
가는 사람처럼 보인 까닭이다.

"준비됐지?"

"무슨 준비요?"

"오늘이 시합 첫날이잖아."

"알아요. 가 사형답지 않게 왜 그리 진지해요."

"긴장 안 돼?"

가대건은 평소의 우스갯소리 잘하던 모습과는 완전히 달
랐다. 진지하게 바라보는 눈에는 걱정이 담겨 있었다. 지하
밀실에서 함께 이 년을 보낸 사람이 적우강의 마음을 모를 리
없었다.

"긴장돼요. 사형들이 보고 있을까 봐 긴장돼요."

"점창파 제자 가대건! 장문대행께 비무를 청하는 바입니다."

"가 사형, 그러지 않아도 돼요."

스르룽.

가대건은 진지한 표정과 신중한 동작으로 자신의 검을 뽑았다.

"진심이에요?"

"최선을 다할 생각이니 조심하길."

진지한 표정으로 검을 든 가대건의 모습에 적우강은 절로 헛웃음을 터뜨리고 말았다.

가대건이 적우강을 장문대행이라고 부르는 이유는 지하 밀실에서 수련을 하며 전대 장문인 문일선과 만나게 된 경위를 모두 들은 까닭이다.

물론 그 이유 때문에 장문대행으로 인정한 것은 아니었다. 마마대공과 당당하게 싸울 때 적우강에게 완전히 홀딱 반하고 말았기 때문이다.

쉭―

가대건은 적우강이 웃는 틈을 놓치지 않고 발현으로 빠르게 검을 찔러왔다. 느닷없이 펼쳐진 가대건의 발현은 상당히 위력적이었다.

그러나 적우강에겐 너무도 익숙한 수법이었다. 가대건의

움직임을 따라잡으며 묵직한 자하검을 밀었다.

쉭!

"흭!"

가대건이 화들짝 놀라며 몸을 뒤로 눕혔다.

"어?"

손을 쓴 적우강도 깜짝 놀라 검을 거두며 자신의 손바닥을 쳐다봤다.

손에는 아무런 이상이 없었다.

'이 느낌은 뭐지?'

자하검을 쥔 상태에서 현천진기를 끌어올리자 희한한 현상이 일어났다. 마치 자하검이 살아 있는 생명처럼 손을 감싼 것이다. 아니, 그런 느낌을 준 것이다.

땅.

적우강은 가볍게 가대건의 검을 건드렸다.

"뭐, 뭐야! 지금 뭐 한 거야!"

가대건은 정색을 하며 소리쳤다.

"괜찮아요, 가 사형?"

"너, 이런 식으로 한다 이거지? 사형의 순수한 뜻을 무참하게 박살 내겠다 이거지? 좋아, 오늘 너 죽고 나 죽자. 간다! 차합!"

가대건은 버럭 화를 내며 무작정 달려들었다.

그러나 가대건이 펼치는 초식은 적우강이 너무도 잘 아는

초식인데다 이상한 현상까지 손을 감싸고 있어서 막아내기만
했다.

땅! 땅! 땅!

연속해서 세 번을 막아내자 가대건이 어깨를 들썩이며 완
전히 지쳐 버리고 말았다. 평소의 가대건이라면 이 정도에 지
칠 이유가 없었다.

자하검을 집어넣고 가대건에게 다가갔다.

"저, 적 사제, 도대체 어떻게 한 거야?"

"아무것도 한 것 없어요. 평상시와 똑같이 현천일검을 펼
쳤을 뿐이에요."

"그런데 왜 힘이 그렇게 좋아. 막느라고 피똥 쌀 뻔했잖아!
헥헥!"

"이상하네. 평소와 비슷한 힘을 사용했는데……."

적우강과 가대건의 시선이 동시에 자하검으로 향했다. 다
른 건 평소와 똑같았다. 자하검을 사용한 것만 제외하면.

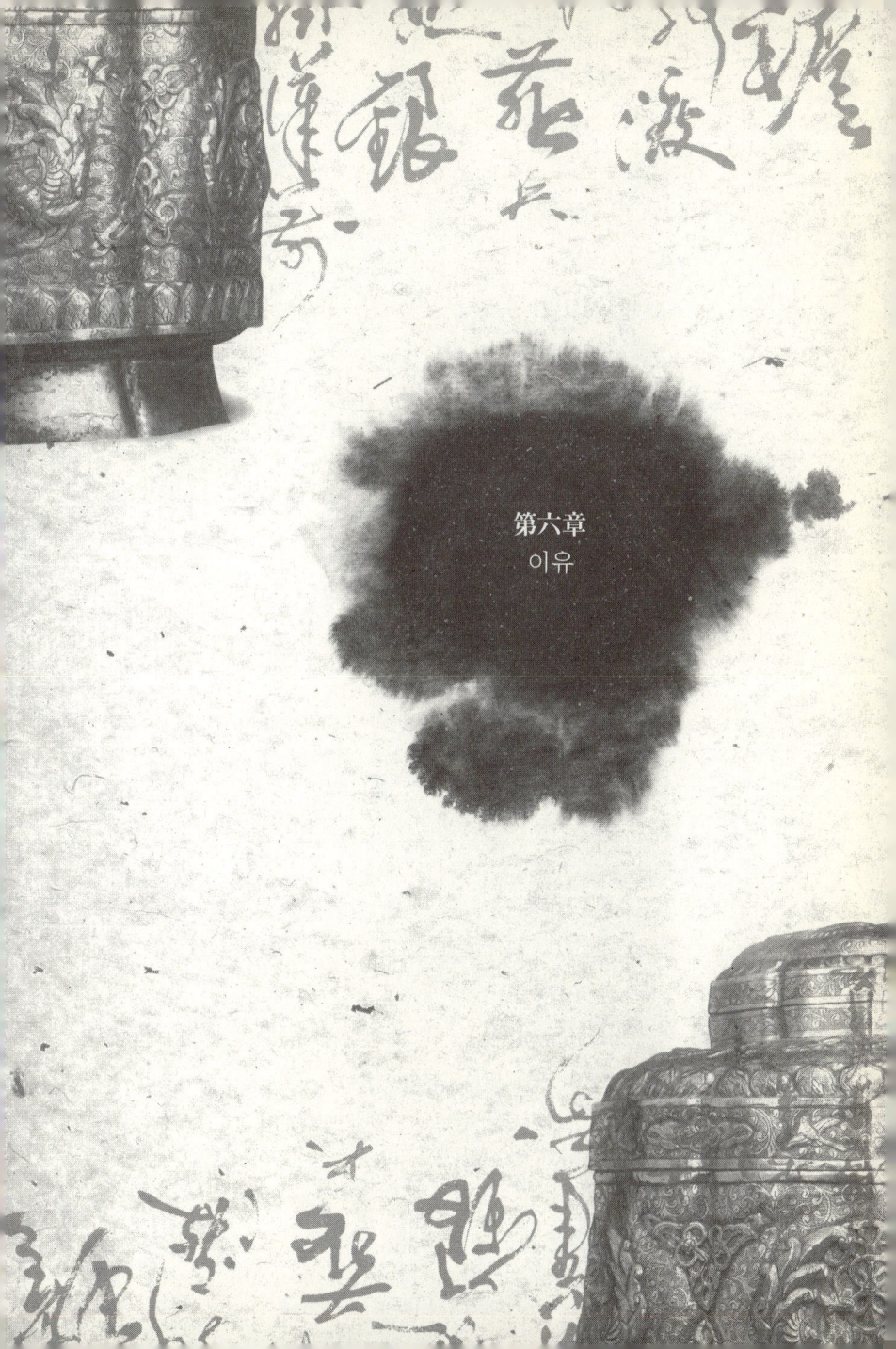

第六章
이유

　비무대 위의 강호명숙들과 그들의 수행원 역시 그대로였
으나 군웅들은 어제보다 훨씬 많았다. 하루 동안 더 많은 군
웅들이 모인 까닭이다.

　날은 청명했다.

　새벽에 별을 볼 때 이미 알고 있었지만 이렇게까지 좋을 줄
은 몰랐다.

　적우강은 정해주는 자리로 가서 앉으면서 주위를 둘러보
며 사람들의 면면을 살폈다. 옆자리에 앉은 사람은 표독스럽
다고 생각될 정도로 지독한 역삼각형 얼굴을 한 자였다.

　"당신이군."

"……?"

"자하검을 혁련궁으로부터 선물받았다면서? 흐흐흐, 그것도 선물이라고 좋아서 차고 나온 모양이지? 처음에 나와 싸우지 않기를 빌어. 섬전초객 풍숙은 검에 눈을 달고 있지 않아. 내 이름을 들어봤겠지?"

"……."

"……."

"누구신지……."

"신경전을 벌이겠다는 거냐? 흐흐흐, 그 용기가 가상해 모른 척해주지."

풍숙은 적우강이 자신을 모른다는 것을 인정하지 못하겠다는 듯 화를 냈다.

"후후후, 신경 쓰지 말게. 풍숙 정도의 실력을 가진 자는 섬서성에만 해도 몇백 수레는 넘을 테니까. 나는 쇄조수 초비라고 하네. 내 이름은 들어봤겠지?"

"흐흐흐. 초비, 건방을 떠는구나. 나도 모르는데 네 이름을 어떻게 알겠느냐?"

"닥쳐라, 풍숙. 그러다 내 손에 이빨 다 날아간다. 검귀도 나를 보고 도망갔거늘, 어디 네 녀석 따위가 엉기려고!"

"검귀가 너를 보고 도망갔다고? 지나가던 개가 웃을 일이군. 내 아우가 왜 너를 피하겠느냐?"

"풋."

적우강은 풍숙과 초비의 입에서 나온 얘기를 듣고 있자니 웃음을 참을 수가 없었다.

두 사람이 적우강을 동시에 노려봤다.

갑작스런 적우강의 웃음에 기분이 상한 것이다.

"검귀를 두 분은 다 잘 안다고 하시는데 저는 두 분을 전혀 모르겠네요."

적우강의 말에 풍숙과 초비는 어안이 벙벙해져서 아무 말도 하지 못했다. 두 사람의 뻥을 무자비하게 밟아버리자 할 말을 잃은 것이다.

"뻥도……."

"쳇. 본인이라고 하는 데에야 별수없지. 졌네."

풍숙과 초비는 고개를 절레절레 흔들며 더 이상 말을 하지 않았다. 상황이야 어찌 됐든 적우강의 의도대로 되었으니 만족할 수 있었다.

지잉―

징이 울렸다.

"언니, 어제는 정말 멋있었어요. 봉이도 언제고 마음에 드는 남자가 있으면 언니처럼 하고 말 거예요."

남궁봉은 꿈꾸는 눈으로 당백지를 쳐다봤다.

당백지는 남궁봉의 볼을 톡 때리고는 활짝 웃었다.

어제 이후로 입가에서 웃음이 떠나질 않았다.

출전을 준비하는 사람들이 모인 곳을 바라봤다.

멀리서도 한눈에 적우강이 들어왔다.

'잘해요, 적 소협.'

당백지가 속으로 한 말을 들었는지 적우강이 고개를 들고
서 이리저리 둘러봤다. 당백지는 곧장 손을 흔들어 자신의 위
치를 알려주었다.

적우강의 상대로 호명된 자는 절강성에서 제법 이름을 날
리는 낭아검 여막이었다.

적우강은 비무대로 나가 먼저 자리에 섰다.

천천히 비무대로 나오는 여막의 눈에 적우강이 들고 있는
자하검이 들어왔다. 검무대회가 끝나고 혁련궁으로부터 건
네받는 것을 봤다.

여막의 기준으로는 적에게 검을 받는 것은 수치스러운 일
이었다. 당연히 적우강이 우습게 보였다. 하지만 십 보가량
떨어진 곳에서 보자 적우강의 자세가 특이하다는 걸 깨달았
다.

단단히 다문 입과 서늘한 눈빛에 조용한 동작.

적우강과 여막이 제자리에 서자마자 지켜보는 군웅들은
눈을 떼지 못했다.

지잉—

징이 울렸다.

여막은 낭아검을 들고 자세를 낮추었다. 아니, 그렇게 해서 적우강을 지켜보려 했다. 하지만 그럴 필요가 없게 됐다. 징이 울림과 동시에 적우강이 무작정 여막을 향해 걸어왔기 때문이다.

'응?'

적우강의 표정은 진지했다. 물론 여막도 진지했으나 그와는 다른 어떤 것이 적우강에겐 있었다.

'점창파의 장문대행은 이런 사람이오.'

당가환을 떠올리자 속에서 분노가 치솟았다.

강호명숙들이 모여 있는 곳에 있을 당가환에게 보여주고 싶었다.

'헛, 갑자기 달라졌다!'

적우강의 걸음은 보통 걸음이 아니었다.

한 걸음 다가왔을 때는 무시할 수 있었는데 두 걸음 다가오자 긴장했고, 세 걸음째에는 여막이 자신도 모르게 물러섰다.

슥.

"……!"

적우강과 여막의 사이는 이제 겨우 다섯 걸음 정도 떨어지게 됐다. 더 이상은 적우강의 시선과 걸음을 감당할 자신이 없었다.

쉭.

여막은 일단은 적우강의 걸음에서 멀어지자는 생각으로

몸을 움직이려 했다. 하나 어디로 움직여도 적우강과의 거리
는 멀어지지 못했다.

"이런 황당한……."

두 사람의 대결을 지켜보는 사람들은 왜 저렇게 여막이 안
절부절못하는지 알 수 없었다.

"여막이란 자는 어느 분의 추천을 받았습니까?"

여막의 행동을 지켜보다 곤오불이 대상을 정하지 않고 물
었다.

"곤륜파의 장로께서 추천한 걸로 알고 있습니다."

"너무 실력 차이가 분명한 것이 아닌가요?"

"아닙니다."

태극 진인이 대화에 끼어들며 고개를 가로저었다.

"진인께선 뭔가를 알고 계십니까?"

"저 적우강이란 청년에게 주눅이 들었군요. 저런 경우가
있지요. 상대를 제압하는 데에는 의외로 많은 것이 필요없습
니다. 먼저 비무대에 올라 상대의 어디를 보느냐에 따라 다릅
니다. 그다음은 손이지요."

"손이요?"

"어디를 공격하겠다고 분명하게 경고를 하는 겁니다. 그곳
이 상대의 가장 자신있는 부분이라면 저런 상황이 나올 수도
있습니다."

"둘 다 똑같이 검을 사용하지 않았습니까?"

"어떤 검을 사용하느냐가 아니라, 어떤 상태에서 검을 사용하느냐에 따라 다르겠지요."

곤오불은 태극 진인의 말을 듣고 보니 그런 것도 같았다. 사질인 경묵기의 보고로 적우강에 대해 크게 신경 쓰지 않고 있다가 뒤통수를 얻어맞은 표정이 됐다.

고개를 돌려 경묵기를 찾았다.

비무대 아래에서 인상을 쓰고 있는 모습이 보였다.

'쯧, 알아보라고 했더니.'

곤오불의 시선이 다시 비무대를 향했다.

그 순간 헛바람을 삼키고 말았다.

여막의 앞까지 어깨를 전혀 흔들지 않고 도착한 적우강은 들고 있던 자하검의 검집을 내밀었다.

빡.

여막의 눈이 찢어질 듯 부릅떠졌으나 그것이 그가 할 수 있는 행동의 전부였다. 반도 뻗지 못한 낭아검이 바닥으로 떨어지며 여막의 신형이 뒤로 넘어졌다.

쿵!

비무대 바닥에 쓰러진 여막은 이미 혼절한 후였다.

두 사람의 대결을 지켜보던 강호명숙들이나 군웅들 중 누구도 입을 열지 않았다.

"점창파의 적우강, 승!"

혁련궁은 적우강의 이름을 호명하며 웃었다.

적우강은 전혀 기뻐하지 않는 표정으로 군웅들과 강호명숙들에게 간단히 포권을 취한 후 자리로 돌아갔다.

강호명숙들 중에서 유난히 적우강을 차갑게 노려보는 사람이 있었다.

'사일검법이 아니야. 문 장문인의 제자가 맞기는 맞는 모양이군.'

당가환은 아주 오래전에 문일선과 만난 적이 있었다. 당시 점창파의 장문인과 당가환의 숙부가 친분이 있어 따라갔다가 우연히 문일선과 대화를 나눈 것이다.

"점창파의 사일검법이 그토록 훌륭하다고 하니 언제고 겨뤄볼 기회가 있으면 좋겠습니다, 문 소협."

"그런 건 다른 사제들과 하세요. 저는 할 일이 있어서 그런 건 못하겠네요."

"다른 일이라니요? 문 소협은 검을 익히지 않습니까?"

"검은 좋아하지만 사일검법을 좋아하질 않습니다. 그래서 제가 검법을 하나 만들어볼까 고민하는 중이지요."

"……!"

그때 얼마나 놀랐는지 심장이 떨어지는 줄 알았다.

분명 당가환보다 문일선이 몇 살 더 많기는 했지만 그렇다고 크게 차이가 나는 건 아니었다.

그런데 문일선은 어이없게도 무공을 창안 중이라고 했다. 겨우 당가의 무공을 익히기에도 바쁜 당가환으로서는 상상도 못할 일이었다.

왜 사일검법을 싫어하는지, 문제점을 어떻게 해결하려는지 문일선은 일목요연하게 말해주었다.

그때 느낀 감정은 그릇이 다르다는 것이었다. 당가환은 아직도 당가의 틀에 얽매어 있는데 다시 문일선과 같은 자를 보고 싶지 않았다.

적우강에게 돌려주고 싶었다. 당가환 자신이 느꼈던 그 벽을.

여막은 혼절에서 깨어났다.

그를 추천했던 곤륜파의 섭일명이 앞에 있었다.

"어쩌다 이렇게 됐느냐?"

"……."

여막은 적우강을 떠올렸다.

자하검을 내려치는 적우강의 눈을 봤다.

부르르.

아무것도 아닌 자였다. 하지만 막상 검이 이마를 때리자 적우강을 상대로 아무것도 할 수 없는 자신을 깨닫게 됐다.

압도적인 힘의 차이와는 다른 것이었다.

"드릴 말씀이 없습니다."

"괜찮다. 재수가 없었던 것이다."

섭일명 역시 대결을 지켜봤다.

여막이 운없게 일검을 맞았지만 그것은 어디까지나 우연이었다.

'우연이 아니었습니다.'

여막은 말을 더 해봤자 소용없다는 것을 알고서 입을 다물었다.

"어억!"

십자검 하독은 복부에 묵직한 고통을 느끼며 그대로 바닥에 쓰러졌다.

쿵!

적우강의 두 번째 상대였다.

사람들은 모두 하독이 쾌검을 사용하는 만큼 여막처럼 일검에 지진 않으리라 생각했다.

그러나 결과는 똑같았다.

한 번은 우연일 수 있지만 그것이 반복되면 결코 우연이 아닌 것이다.

섭일명의 표정이 일그러졌다.

'여막 이 녀석, 내게 말하지 않은 것이 있구나.'

질 것이라 생각한 섭일명의 판단이 어긋났다.

한동안 비무대 위에는 침묵이 감돌았다.

"검귀가 저 정도는 되어야지. 암."

육양 상인이 흐뭇하게 웃었다.

"검귀라니요?"

"섭 대협은 모르고 계셨습니까? 마중천의 붕교를 죽인 실력이 숨겨질 리가 없지요. 허허허."

"부, 붕교라면 금사편 붕교를 말씀하시는 겁니까?"

"붕교가 또 있습니까?"

'여막, 이 자식이!'

섭일명의 얼굴이 일그러졌다.

적우강이 붕교를 죽일 실력이라면 여막이 그것을 모를 리 없었다. 적어도 싸우기 전에 느껴지는 위압감이라든지, 막을 엄두도 못 냈다든지 하는 이유라도 알려줬어야 했다.

"앞으로 어디까지 올라가려나……."

육양 상인의 기대에 찬 음성이 흘러나왔다.

"공동파에서는 기 소협이 나온다고 들었습니다. 저자와 부딪치면 어쩌려고 그런 기대를 하십니까, 육양 상인?"

섭일명의 말에 육양 상인은 잠시 대답하지 않았다.

이것이 구대문파의 현실이었다.

자파와 관련된 일만을 중시하는 이런 경향은 비단 섭일명만의 문제는 아니었다.

"섭 대협, 영인이나 적 소협이나 강호의 구성이 될 인재들입니다. 둘이 겨루게 되면 기꺼워할 일이지 걱정할 일은 아니라고 생각하오만? 허허허."

육양 상인이 의아한 눈으로 섭일명을 쳐다봤다.

섭일명의 얼굴이 붉어진 것은 당연했다.

"제자들과 식사를 하다가 들은 이름을 또 듣게 되는군요. 검귀가 저 청년이었다니 놀랍습니다."

태극 진인이 불쑥 대화에 끼어들었다.

대지 선사나 화군명 등이 아니면 잘 얘기를 꺼내지 않던 그가 말을 먼저 걸자 육양 상인과 섭일명은 흥미로운 눈이 됐다.

"하나, 강호에 나온 지는 얼마 되지 않는 모양입니다. 실력을 전부 드러내는 걸 보면 말입니다."

"허허허. 진인, 제가 보기엔 적 소협은 아직 실력을 다 드러내지 않았습니다."

육양 상인은 구대문파 속가제자들의 뼈를 부러뜨린 수라검도 적우강이란 것을 말하려다 참았다.

"실력을 드러내지 않았는데 저 정도란 말씀입니까? 대단하군요."

"……."

육양 상인은 말을 더 이을 것 같던 태극 진인이 너무 쉽게 인정을 해버리자, 적우강의 실력은 뛰어나지만 그래 봐야 소용없다는 말을 들은 기분이 됐다.

비무대회는 검무대회처럼 여유롭게 진행되지 않았다.

계속해서 자리를 지키다 호명되면 나가서 싸우는 진행 방식 때문에 긴장을 한시도 늦출 수 없었다.

그럼에도 출전자의 수는 줄지 않고 있었다.

"점심 식사 후에 곧바로 시작할 테니 준비들 하시길 바라오."

혁련궁의 외침에 강호명숙들과 출전자들은 일제히 자리에서 일어나 지금까지 있었던 비무를 되짚어보며 의견들을 나누든지 혼자만의 장소로 가든지 했다.

적우강이 자리에서 막 일어섰을 때다.

"잠깐 좀 봅시다."

수더분한 인상의 청년이 적우강을 싸늘하게 노려보고는 따라오라는 눈짓을 보냈다.

"무슨 일입니까?"

"따라와 보면 알게 되오."

청년은 대꾸도 없이 앞서 걸어갔다.

그의 태도는 적우강이 따라갈 것을 조금도 의심하지 않는 눈치였다.

적우강은 굳이 따라가지 못할 이유가 없기에 원하는 곳까지 따라갔다.

청년이 멈춰 선 곳에는 한패로 보이는 자들이 대여섯 명이나 더 있었다. 그중 팔이 부러졌는지 부목을 대고 있는 자가 눈에 띄었다.

그러나 그뿐이었다.

"나, 청성파의 제자 모충을 모른 척할 셈이냐!"

적우강이 눈을 돌리려 하자 팔에 부목을 댄 청년이 갑자기 앞으로 나서며 소리쳤다.

"……?"

적우강은 의아해지고 말았다.

알지도 못하는 사람인데 화를 내기 때문이다.

"사람을 잘못……."

"내 팔을 부러뜨려 놓고 발뺌을 할 셈이냐! 서안!"

"아! 그때 그……."

"그래, 나다!"

모충은 적우강이 알아보자 그때의 분노가 다시 치미는지 버럭 소리를 질렀다.

"이놈이오! 하오문의 쓰레기와 어울려서 구대문파의 제자들을 암습한 수라검이 이놈이오! 잘도 숨어들었구나! 하나, 내게 걸린 이상 소용없다!"

'암습? 더구나 천잔수 대협을 쓰레기라고?'

적우강은 없는 말을 지어내는 모충을 보며 쓰게 웃고는 눈에 힘을 주었다.

"홍! 눈에 힘준다고 내가 겁을 먹을 줄 아느냐? 천잔수 나곤을 모른다고 할 셈이냐?"

"천잔수 나곤 대협이라면 알지. 한데 쓰레기란 말은 좀 그렇군. 자기 얼굴에 침 뱉는 것도 아니고. 팔이 부러진 걸로는 부족했나?"

팔을 바라보는 적우강의 눈에는 비웃음이 가득했다.

그 시선을 받은 모충의 얼굴이 처참하게 일그러졌다.

"봐, 봤소? 저놈이 암습을 하기 전……."

모충은 더 이상 말을 이을 수가 없었다.

빡!

경쾌한 타격음이 그의 안면을 누른 까닭이다.

모충은 적우강의 주먹에 맞아 고개가 돌아간 채 날아갔다. 그나마 함께 있던 자들이 부축을 해줘서 땅에 떨어지진 않았다.

"이이… 또 암습을!"

입술이 터져 나간 모충의 입에서 핏줄기가 뿜어졌다.

적우강은 웃음을 참으며 모충을 부축하는 자들을 쓸어봤다.

"이것도 암습인가? 떼로 덤비는 건 정당하고 피하지 못하면 암습이라……. 후후후."

적나라한 비웃음이 담겨 있었다.

적우강의 말에 일곱 명은 일제히 움찔거렸다.

틀린 말이 아니기 때문이다.

슥.

일곱 명은 적우강이 앞으로 한 걸음 나서자 무의식적으로 뒤로 한 걸음 물러섰다.

기세에서 밀린 탓이다.

그러나 그들은 불안한 눈길을 교환하고는 일제히 덤벼들었다. 하지만 그들의 움직임보다 적우강의 손이 먼저였다.

따악!

"억!"

가장 먼저 덤빈 자가 다리를 부여안고 데굴데굴 굴렀다.

따다닥.

"으악!"

"아, 안 돼!"

경쾌한 타격음과 함께 비명이 이어졌다.

현천삼식의 발현과 잠둔만을 펼쳤는데도 이들은 적우강의 모습을 찾지 못한 채 속수무책으로 당했다.

"이이… 이러고도 무사할 것 같으냐?"

바닥에 드러누운 상태에서도 경고하는 것을 잊지 않는 그들의 모습에 적우강은 더 이상 손을 쓸 생각이 사라졌다.

"빌어도 모자란데 경고를 하는 건가?"

적우강의 눈빛이 싸늘하게 변했다.

그때였다.

"그 말은 내가 해주고 싶은 말인데요?"

낭랑한 여인의 음성이 뒤쪽에서 들려왔다.

"당 소저?"

적우강은 뒤를 돌아보며 깜짝 놀라고 말았다.

당백지가 여유롭게 허리에 양손을 대고 서 있었다.

"아는 사람도 없는데 저들과 함께 우르르 몰려가는 모습이 이상하다 싶었어요. 증인이 있으니 이들도 더 이상은 귀찮게 굴지 못할 거예요."

당백지가 모습을 드러낸 이유였다.

"계집, 우리가 누군지 아느냐? 우린 구대문파의……."

"한 사람을 일곱 명이서 공격한 것도 창피한 일인데 협박까지 하겠다는 거냐! 불만이 있으면 사천당가에 와서 나 당백지를 찾아라! 생각 같아서는 지금 당장 혼을 내주고 싶지만 다친 사람 괴롭힌다는 소리는 듣고 싶지 않아 봐주겠다!"

"사, 사천당가……."

구대문파의 속가제자라고 말하려 했던 그들은 일제히 침묵할 수밖에 없었다. 사천당가 사람이라면 그들로서는 건드릴 수 없는 신분이기 때문이다.

"다른 사람들은 가도 되지만 너는 안 된다."

적우강은 싸늘하게 말하며 모충에게 걸어갔다.

모충의 얼굴이 사색이 된 것은 당연했다.

"나, 나를 어쩌려고……. 나를 죽이면 네가 아무리 당 소저의 보호를 받는다고 해도……."

"그래요, 적 소협. 저자가 비록 치사하기는 해도 구대문파의 제자예요. 죽이면 안 돼요."

당백지는 급히 적우강에게 다가가 말리려 했다.

하지만 당백지의 말이 끝나기도 전에 적우강은 이미 손을 쓰고 있었다.

퍽!

모충을 걷어차 저만치 나가떨어지게 만들더니 그대로 달려가 머리를 움켜쥔 채 나무에 던지고는 다시 몸을 들어 땅에다 패대기를 쳤다. 순식간에 모충은 비명도 지르지 못하는 실신 상태가 되고 말았다.

"저, 적 소협……."

당백지는 적우강의 잔인한 손속을 지켜보며 할 말을 잃었다. 한 번만 더 손을 대면 모충은 죽을지도 몰랐다. 완전히 다른 사람이었다.

"그만 해요, 제발."

우뚝.

당백지가 애원을 담아서인지 적우강의 손이 거짓말처럼 멈췄다. 당백지는 급히 적우강에게 다가가려 했다.

"나는!"

적우강이 단호하게 입을 열었다.

다가가려던 당백지는 제자리에 멈추고 말았다.

적우강의 말이 이어졌다.

"내가 보호한다! 점창파의 제자는 누구의 보호를 필요로

하지 않아!'

퍽! 퍽! 퍽!

적우강은 모충을 다시 패기 시작했다.

'저, 적 소협 혹시……'

당백지는 양손을 입에 댔다.

적우강이 화가 난 이유를 짐작할 수 있었다.

'숙부님 때문이구나!'

당백지의 안색이 창백해졌다.

적우강은 실신한 모충을 내려놓으며 당백지를 돌아보지도 않고서 비무대를 향해 걸어갔다.

탄탄한 적우강의 등이 눈에 들어왔다.

이 년 전보다 더 넓어진 등이었으나 그 때문에 오히려 철벽처럼 차갑게 느껴졌다.

당백지는 오후에 적우강의 시합이 없는 걸 확인하고 숙소로 찾아갔다.

"적 소협, 계세요?"

조심스러움이 목소리에 가득했다.

"어? 당 소저가 웬일이세요?"

문이 열리며 의아한 표정의 가대건이 나왔다.

"적 소협 안 계세요?"

"적 사제를 왜 여기서 찾으세요? 당 소저 만나러 간다고 했는데⋯⋯."

"저를 만나러 갔다고요?"

"예. 당가의 숙소로 간다고 했어요."

"먼저 가볼게요. 아, 아니, 언제쯤 갔어요?"

당백지의 목소리가 무척이나 다급해졌다.

가대건은 이상함을 느끼고 대답 대신 방으로 들어가 검을 들고 나왔다.

"어딜 가시게요?"

"서둘러요. 적 사제나 당 대협이 죽기를 바라지 않으면요."

가대건은 당백지를 지나쳐 문을 나섰다.

당백지의 우려가 현실로 드러난 것이다.

*　　　*　　　*

적우강은 왜 점창파의 주정민이 당가에 없다고 했는지 그 이유를 당가환의 입으로 직접 듣고 싶었다.

"정말로 듣고 싶으냐?"

"듣고 싶습니다."

"듣지 않는 편이 나을 텐데?"

"듣고 싶습니다."

"그래? 그럼 들려주도록 하지. 하나 여긴 장소가 좋질 않구

나. 편하게 대화를 나눌 만한 곳으로 가자."

당가환은 적우강을 데리고 숙소 근처의 수련 장소로 갔다.

적우강은 당가환의 여유로운 얼굴을 보자 심장이 터질 것처럼 쿵쾅댔다. 저 입에서 나올 말이 예상되는 까닭이다.

'아니야. 지레짐작하지 말자.'

마음을 다잡고 당가환을 쳐다봤다.

"말씀해 주십시오."

"쯧. 서두르기는. 그런다고 중독이 풀리는 것도 아닌데."

"중… 독?"

"주정민은 당가의 독에 중독되어 있다. 해독약이 없으면 보름을 넘기지 못하지. 이제 내가 왜 그런 말을 했는지 이해가 가느냐?"

"……!"

적우강은 할 말을 잃고 말았다.

멍한 눈으로 하늘을 올려다봤다.

아찔한 현기증이 두 눈으로 쏟아져 들어왔다.

"중독에서 벗어날 수 있는 방법을 알려주십시오."

적우강은 최대한 감정을 억누르며 입을 뗐다.

"그냥은 안 되지. 어디, 문 장문인의 진전을 얼마나 잘 이었는지 볼까? 십 초만 버티면 주정민이 중독에서 풀려날 수 있는 방법을 알려주마."

문일선을 알고 있는 사람이라고 했다.

좋게 생각하면 적우강의 실력을 시험하기 위해 일부러 저런 행동을 했을지도 몰랐다. 백번 양보해서 호의로 생각한다고 칠 수 있었다.

그러나 주정민의 목숨을 갖고 장난치는 행위는 어떠한 경우건 용서할 수 없었다.

꽈릉!

응축된 힘이 한꺼번에 빠져나오며 마치 뇌성처럼 들렸다. 이것은 압뢰장(壓雷掌)으로 열양장력 중에서는 마중천의 마염산화장(魔炎散花掌)과 함께 이대열양장력으로 손꼽히는 절학이었다.

일단 압뢰장에 격중되면 겉으로는 작은 상처뿐이지만 시간이 흐를수록 열양진기가 몸속을 망가뜨리게 되어 있었다.

문일선을 만나고 난 후 익히게 된 무공이었다.

압뢰장이 바로 앞까지 다가오자 적우강은 현천일검으로 방위를 순식간에 열네 번이나 바꾸었다.

당가환은 코웃음 쳤다.

쉭쉭.

적우강의 움직임을 단숨에 따라잡으며 복부를 향해 압뢰장을 뻗었다.

픽.

"……!"

마지막 순간에 몸을 틀지 않았다면 당가환의 압뇌장을 고스란히 맞을 뻔했다.

적우강은 아슬아슬하게 옆구리를 스치고 지나간 압뇌장을 보며 곧바로 반격을 가했다.

그 자세에서 곧바로 발현을 펼친 것이다.

"홍!"

당가환은 코웃음 치며 몸을 돌려세워 자하검을 피했다. 팔박투는 양손과 양발, 그리고 팔꿈치와 무릎만으로 싸우는 박투법이었다. 뻔히 보이는 공격을 피하지 못할 이유가 없었다.

적우강의 얼굴이 처음으로 딱딱하게 굳었다.

'그 상황에서 자하검을 피해?'

서늘한 느낌이 등을 타고 올라왔다.

고수란 것은 알고 있었지만 이 정도일 줄은 몰랐다.

"후후후, 그 정도에 놀라면 안 되지."

"……!"

적우강은 재빨리 몸을 움츠리며 방어 자세를 취했다.

당가환의 기세가 달라졌다.

"이것도 한번 막아봐라."

쫘릉!

압뇌장이 펼쳐지며 소리를 냈다.

"헛!"

적우강은 헛바람을 삼키며 팔박투에 이은 압뇌장을 피하

기 위해 전력을 다해 잠둔을 펼쳤다.

퍽!

"헉!"

팔박투의 공격을 신경 쓰느라 옆구리를 내주고 말았다. 완전히 내준 것은 아니었지만 옆구리에, 그것도 비껴 맞은 압뇌장의 위력은 엄청났다.

숨 쉬기가 곤란했다.

제대로 맞으면 죽을 것 같았다.

쉭.

"……!"

연속된 압뇌장의 공격이 다가왔다.

한 손으로 펼치는 압뇌장만으로도 밀리기만 했는데 양손이 다 사용되자 정신이 하나도 없었다.

그러나 적우강의 눈빛은 흐트러지지 않았다.

한 번의 기회를 노리는 것이다.

정면으로 당가환을 상대하는 것은 무모한 행동이었다. 팔박투는 적우강의 보법보다 빨랐고 압뇌장은 현천일검이 채 펼쳐지기도 전에 눌러 버릴 정도로 위력적이었다.

콰콰콰!

우레와 같은 소리가 연속해서 터졌다.

번쩍.

적우강의 눈이 좁혀졌다.

연속되는 당가환의 공격을 막으며 일종의 순서를 외울 수 있었다.

'팔, 얼굴, 가슴. 당 대협의 결정타는 가슴이다. 가슴 공격이 끝나는 순간 머리를 노린다.'

양손으로는 압뇌장을 펼치고 양발로는 팔박투의 보법을 운용하기에 머리는 빌 수밖에 없었다.

쾅! 쾅! 쾅!

연속해서 세 번의 폭음이 터졌다.

적우강은 막는 것만으로도 전신이 쩌릿해지는 것 같았지만 지금이 아니면 기회가 없었다.

홍—

자하검이 빈 공간을 갈랐다.

"헛!"

당가환의 입에서 헛바람 삼키는 소리가 터졌다.

적우강의 자하검이 아무렇게나 휘둘러지는 것 같다가 갑자기 머리를 향해 궤도가 바뀌었기 때문이다.

적우강의 몸을 손바닥으로 때리려면 거리를 좁혀야 하는데 이대로는 머리를 내주고 말 것 같았다.

당가환은 미처 내뻗었던 양손을 회수할 겨를도 없이 황급히 몸을 옆으로 비틀었다.

그때, 놀라운 일이 벌어졌다.

우뚝.

횡으로 그어지던 적우강의 검이 거짓말처럼 멈춘 것이다.

"……?"

당가환은 적우강의 손을 바라보며 움직임을 멈췄다.

한 손은 손등이 위로 올라가 있고 다른 한 손은 손바닥이 위로 가 있었다.

양손의 위치가 바뀌었다?

의문의 해답은 다음 순간 알게 됐다.

활을 당겼다가 놓듯이 왼손을 축으로 사용해 자하검을 놓은 것이다.

자하검이 멈추기 전보다 더욱 빨리 당가환의 머리를 향했다.

쉬악—

"헛!"

당가환도 이 순간만큼은 안색이 창백해지며 몸이 굳을 수밖에 없었다. 피하지 못할 거라 여겼던 팔박투와 압뇌장의 연환 공격을 겨우 손재주 하나로 막아낸 적우강의 응변에 깜짝 놀랄 수밖에 없었다.

그러나 쉽게 공격을 허용할 당가환이 아니었다.

우웅—

당가환의 몸에서 기음이 일더니 다가오는 자하검을 향해 몸에서 무언가가 튀어나갔다.

카캉!

자하검을 막은 것은 앞가슴에서 솟아오른 추혼연미표였다. 그 정도의 시간이라면 당가환과 같은 고수가 피하기엔 충분했다.

스슷.

서늘한 감촉이 당가환의 앞머리 몇 개를 자르고 지나갔다.

"이건 뭐라는 초식이냐?"

당가환은 숨을 돌리며 물었다.

"초식은 없습니다. 당 소저가 검무대회 때 보여줬던 것을 따라 해봤을 뿐이니까."

"뭐? 고작 백지의 수법을 흉내 낸 것이라고? 큭."

당가환은 낮은 실소를 흘리며 적우강을 노려봤다.

당가에서 이번 군웅대회에 참가하는 사람은 당백지의 오빠인 당백룡이었다. 두 사람을 비교하는 것은 무리지만 초식의 운용만 놓고 보면 적우강이 위였다.

"인정하마. 문 문주의 무공을 제대로 이었어. 그럼 장난은 이쯤에서 끝내기로 하고 제대로 상대해 주마."

당가환이 몸을 움직이며 기를 모으려 했다.

"됐습니다."

"뭐?"

"더 받아보고 싶지도 않지만 약속한 십 초가 지났습니다. 해독 방법을 알려주십시오."

'아차! 벌써 십 초가 지났구나!'

당가환의 안색이 해쓱해지고 말았다.

몰아붙이느라 몇 초를 사용했는지 까먹은 것이다.

'겨우 애송이 한 명을 죽이지 못해 십 초를 사용하다니. 이런 낭패가 있나!'

당가환은 주위를 돌아봤다.

적우강과의 대화를 들은 사람이 있는지 확인하려는 의도였다.

아무도 없었다.

"약속? 무슨 약속? 난 기억에 없다."

당가환은 양손을 펴고 어깨를 으쓱거렸다.

"당신!"

적우강은 눈을 부릅뜨며 소리쳤다.

그러나 당가환은 오히려 그런 적우강의 표정을 즐기는 듯 입가에 조롱까지 담았다.

"아직도 소리 지를 힘이 남아 있구나. 이제부터는 네가 문문주라 생각하고 상대해 주마. 십 초, 그 정도면 충분하겠다."

"조금 전에 했던 약속이나 지키시오!"

"모른다고 했잖느냐."

스슷.

당가환의 모습이 사라졌다.

적우강이 소리를 지르는 그 짧은 사이, 당가환은 어느새 거리를 좁히며 다가왔다.

"……!"

불끈.

적우강은 자하검을 쥔 손에 힘을 주며 그대로 당가환의 얼굴을 그었다.

슈악!

"안 되지."

당가환은 가볍게 손을 떨쳤다.

쾅!

"헉!"

적우강은 튕겨 나오는 자하검을 잡으며 물러섰다.

파바박!

몸을 추스르기도 전에 당가환이 옆으로 다가오는 소리가 들렸다.

압뇌장이 낮게 으르렁거리며 물어뜯을 것 같았다.

자하검을 내려 당가환의 위치를 찾았다.

"헛!"

오른쪽으로 파고든 당가환이 비겁한 웃음을 지으며 손을 뻗고 있었다.

쾅!

적우강의 전신이 휘청거리며 허공에 뜨려 했다.

이어서 오른손이 복부를 때렸다.

역시나 자하검을 내려 막았다.

쾅!

허공으로 떠오르기 전이라 날아가지는 않았지만 그 때문에 발이 땅에 박히고 말았다.

가만히 둘 당가환이 아니었다.

가슴을 노리고 오른손을 뻗어왔다.

쾅!

"큭."

적우강은 짧은 신음을 터뜨린 후 반격하려 했다.

그러나 가슴을 공격한 후 잠시 멈추던 당가환의 습관은 어느새 사라지고 없었다.

반격 대신 자세를 추슬렀다.

내장이 타 들어가는 것 같은 고통이 느껴졌으나 이를 악물고 참아냈다. 주정민의 목숨을 가지고 장난친 자에게 물러선 것이 한심스러워 견딜 수가 없었다.

꿀룩.

목구멍으로 넘어오는 비릿한 것을 삼키며 당가환을 향해 걸어갔다.

"막았어? 거기다 움직이기까지 한다고?"

당가환의 놀람은 상상을 초월했다.

그는 자하검을 때린 것이 아니었다.

적우강이 자하검으로 막은 것이다.

그것만 해도 대단하다 하겠지만 그보다는 압뇌장을 연속으로 세 번이나 막고도 움직일 힘이 있다는 것이 가장 놀라웠다.

'팔박투 흘(吃).'

산을 떠밀 정도로 강력한 공격이라 해서 붙여진 이름이었지만 실제로는 어깨와 몸통을 동시에 사용해 부딪치는 순간 상대의 내부를 터뜨리는 수법이었다.

"팔박투의 마지막 초식까지 쓸 줄은 몰랐구나."

마중천의 고수들을 상대하기 위해 완성한 초식이었다. 공격만을 위해 만들어진 초식으로 신체의 여덟 곳이 일제히 한 점에 꽂히게 되는 무서운 공격이었다.

'한 발만 더 와라.'

팔박투 흘을 펼치기에 적당한 거리를 재는 것이다.

적우강은 그런 당가환의 생각도 모르고 성큼 한 걸음 앞으로 다가왔다.

팟!

당가환의 어깨가 적우강의 몸통을 향해 움직였다.

쾅!

적우강의 몸이 들썩였다.

반대쪽 어깨가 같은 곳을 때렸고, 양 팔꿈치가, 양 무릎이 계속해서 같은 곳에 꽂혔다.

그러나 어찌 된 일인지 적우강은 쓰러지지 않았다.

"지, 질긴 놈, 죽어!"

우르릉— 쾅!

당가환의 양손이 적우강의 몸을 때렸다.

이번엔 자하검을 때린 것이 아니라 몸에 적중시켰다.

만족스러운 표정이 당가환의 얼굴에 떠오르려 할 때였다.

뒤쪽으로 한참이나 밀리던 적우강이 자세를 바로잡고는 다시
다가오기 시작했다.

"헛!"

당가환은 자신도 모르게 헛바람을 삼켰다.

적우강의 눈에서 붉은 안광이 쏟아지고 있었다.

마기였다. 마공을 익히지 않고서는 저런 눈빛이 나올 수가
없었다.

"네놈, 마공을 익히고 있었더냐!"

"......."

꾹 다문 적우강의 입은 열리지 않았다.

지금 손을 쓰지 않으면 안 될 것 같았다. 당가환은 자신도
모르게 다가오는 적우강의 얼굴을 향해 압뇌장을 퍼부었다.

콰쾅!

"커헉!"

"큭!"

짤막한 신음이 두 사람의 입에서 동시에 터졌다.

적우강은 여전히 자리에 서 있었으나 변화가 있었다.

일자로 굳게 닫힌 입에서 연신 피가 흘러나왔다.

"이, 이……."

이번엔 당가환도 무사하지 못했다.

적우강의 얼굴을 때리려 할 때 붉은 눈과 마주친 직후 저절로 손이 멈춰졌기 때문이다.

폭음은 적우강의 자하검이 당가환의 양손을 때리며 낸 소리였다.

척.

적우강은 입에선 피를 흘리면서도 당가환에게 시선을 고정시킨 채 다시 다가왔다.

"오, 오지 마……."

당가환은 적우강의 걸음에 공포를 느꼈다.

그러나 적우강은 듣지 못한 듯 다시 한 걸음을 앞으로 나섰다.

"끄, 끝장을 보자? 좋다! 네 사형이 어떻게 돼도 좋다는 거겠지?"

멈칫.

당가환의 말에 적우강의 걸음이 잠시 주춤했다.

그 순간을 놓칠 당가환이 아니었다.

이번이 마지막일지도 모른다는 생각을 얼마 만에 가져보는지 몰랐다. 남은 힘을 이번 한 수에 전부 쏟아 부어야 했다.

붉은 손.

십성의 압뇌장을 사용하기로 마음먹은 것이다.

그러나 적우강의 변화를 먼저 살펴야 했다.

내려져 있던 자하검이 올라가 있었다.

이 상태로 두 사람이 동시에 손을 쓴다면 검을 들고 있는 적우강이 유리했다. 하지만 그런 변화는 냉정하게 싸움을 할 때나 읽을 수 있었다.

당가환의 양손이 적우강의 가슴을 향했다.

콰쾅!

"끄아악!"

비명은 당가환의 입에서 터져 나왔다.

뚝— 뚝—

당가환은 피가 떨어지는 양손을 쳐다봤다.

"이, 이것은 검환… 네가 어떻게……."

분명 압뇌장의 공세를 뚫고 당가환의 양 손바닥을 뚫어버린 것은 검환이었다. 어이없게도 조금 전까지만 해도 밀리기만 하던 놈이 갑자기 두 개의 검환을 만들어 날린 것이다.

비무대회에서 봤을 때는 검막을 사용하더니 조금 전에는 검사를 펼쳤고, 지금은 믿을 수 없게도 검환을, 그것도 동시에 두 개를 만들어낸 것이다.

악마적이라 할 수밖에 없었다.

"이 악마 같은 놈!"

"……."

적우강은 말이 없었다.

턱!

다시 한 발을 앞으로 내디뎠다.

"문 문주에게 이기기 위해 익힌 무공을 그의 제자에게 패하다니. 푸하! 압뇌장과 팔박투로도 안 된다는 것이냐! 빌어먹을 점창파!"

당가환이 뭐라고 소리치든 말든 적우강은 일말의 주저함도 없이 자하검을 들어 올렸다.

그때였다.

"안 돼요, 적 소협!"

멈칫.

갑자기 들려온 당백지의 목소리에 반응하며 자하검이 허공에서 멈춰 섰다.

"당……."

곧이라도 죽일 것처럼 쏟아지던 붉은 안광이 서서히 원래의 눈빛으로 되돌아왔다.

"컥!"

갑자기 적우강이 피를 토했다.

당가환의 연속된 공격 때문에 사용해선 안 되는 힘까지 사용하고 만 까닭이다.

당백지의 목소리로 정신이 깨어나는 바람에 내부가 완전히 붕괴되고 만 것이다.

자하검을 든 손이 떨렸다.

툭.

자하검이 적우강의 손을 밀어내며 바닥으로 떨어졌다.

第七章
장하다, 사제

天魔
천마검선
劍仙

"우웨… 엑!"

적우강은 거칠게 피를 토해냈다.

벌써 여러 시간에 걸쳐 반복된 행동이었다.

가대건은 적우강이 연신 뱉어내는 피를 받아서 치우고 천을 빨아 적우강의 입가를 닦아주었다.

당백지도 함께 있었으나 가대건이 손도 못 대게 하는 바람에 바라만 보고 있어야 했다.

"적 소협이 왜 이러는 거죠?"

당백지는 답답한 마음에 물었다.

돕고 싶어도 도울 방법을 모르기에 한 말이었다.

"나도 모르겠소. 지하 밀실에 처음 들어갔을 때도 이 정도
는 아닌 것 같았는데."

"지하 밀실이요?"

"문주님만이 들어갈 수 있는 곳이오."

가대건은 퉁명스럽게 대답했다.

당백지에게 악감정이 있을 리 없었다.

당가환 때문이었다. 아니, 정확히는 당가환의 양손 때문이
었다.

가대건이 알고 있는 적우강의 실력은 당가환의 양손에 구
멍을 낼 정도로 강하지 못했다. 그렇다면 결국 싸우는 도중에
어떤 변화가 적우강의 몸에 있었다는 뜻이다.

'그 힘이 나온 걸까?'

이 년 전, 적우강을 묻어주기 위해 절벽과 절벽 사이의 동
굴에 들어갔을 때 봤던 그 힘을 가대건은 잊을 수 없었다.

그 힘만 아니길 바랐다.

그때의 적우강은 가대건이 알고 있던 적우강이 아니었다.
지금도 그때 생각만 하면 오금이 저릴 정도로 공포스러웠다.

"의술을 아는 분을 모시고 오면 어떨까요?"

당백지의 목소리가 많이 떨리고 있었다.

가대건은 그제야 당백지부터 안정시켜야겠다는 생각이 들
었다.

"당 소저, 그럼 좀 낫기야 하겠지만 굳이 그렇게 하지 않아

도 돼요. 적 사제가 의외로 강골이거든요. 그만 가봐요. 숙부
님의 상처도 만만치 않던데……."

진심이었다.

당가환이 나아야 적우강도 무사할 수 있었다. 만약 이번 일
로 인해 당가의 고수들이 전부 적우강을 적으로 여긴다면 큰
일이 아닐 수 없었다.

그나마 다행일 수 있는 것은 가대건에겐 지금보다 더한 상
태의 적우강을 살려본 경험이 있다는 것이다.

"제 잘못이에요."

"……?"

"주 소협을 만나면 자꾸만 미안한 생각이 들어서 일부러
멀리했어요. 흑, 그것 때문에 주 소협이 곤란한 일을 당한 모
양이에요. 죄송해요, 가 소협."

"무슨 일인지 전혀 몰라요?"

"…예."

"적 사제가 깨어난 후가 문제예요. 생긴 것과 달리 한 번
화나면 물불을 안 가리거든요. 다시 당 소저의 숙부님을 찾아
갈지도 모르고요."

가대건은 당백지가 속상해해도 어쩔 수 없다고 생각했다.
그에게 있어 적우강은 사제인 동시에 모셔야 할 문주인 까닭
이다.

당백지는 좀 더 자리를 지키다 조용히 일어나 밖으로 나왔

다. 더 앉아 있는 것은 적우강에게도 그녀 자신에게도 전혀
도움이 되질 못했다.

*　　*　　*

　화산파 내부에 마련된 소담한 모옥.
　이곳은 화군악과 검무를 추기 위해 초빙된 혼원예가 머무
는 곳이었다.
　당백지는 모옥 앞에 서서 잠시 호흡을 가다듬은 후 문을 두
드렸다.
　잠시 후 늙은 노파 한 명이 문을 열어주었다.
　"예쁜 처자가 오셨구려. 들어오시우."
　"저는 사천당가의……."
　"아가씨께서 기다리시니 일단 들어오시구려."
　"예?"
　노파는 이렇다 할 말 없이 안으로 들어가 버렸다.

　방 안에는 혼원예가 화분을 가꾸고 있었다.
　희고 긴 손가락이 섬세하게 움직였다.
　"혼 소저……."
　"많이 다치셨나 봐요?"
　"……."

"약을 처방해 달라고 당가에서 사람이 왔다 갔어요. 당 소저가 오지 않아서 이상하다 했는데, 오셨네요."

당백지는 혼원예의 목소리가 참으로 예쁘다고 생각했다. 검무를 출 때와는 또 다른 느낌이었다.

"숙부님 때문에 온 게 아니에요."

"예?"

당백지의 말에 혼원예가 천천히 돌아섰다.

그 행동 하나만으로도 방 안이 환하게 밝아지는 것 같았다.

"저와 검무를 췄던 적 소협을 기억하세요?"

"그럼요. 하면 그분이?"

"예."

"……."

혼원예는 당백지의 망설이는 눈동자를 보고 더 이상 질문을 던지지 않았다. 당가환의 치료를 위해 처방을 받아가고 이어서 적우강이 다쳤다며 당백지가 왔다.

어느 정도는 유추할 수 있는 상황이었다.

가대건은 적우강을 업은 채 혼원예의 거처로 왔다.

곧장 방에 누인 후 혼원예에게 진맥을 부탁했다.

"어떤가요?"

가대건이 진맥을 하는 혼원예에게 질문을 던지자 옆에서 조심스럽게 지켜보던 성수파파가 어깨를 두드리며 조용히 하라는 신호를 보냈다.

적우강의 맥을 짚는 혼원예의 표정은 시종일관 심각했다. 그 표정 때문에 가대건은 더욱 조바심이 났다.

혼원예가 적우강에게서 손을 놓은 것은 무려 반 시진 가까이 지나서였다.

"후우……."

"어떠……."

가대건은 질문을 하다가 성수파파의 눈치를 봤다.

"이분, 도대체 누구세요?"

혼원예가 느닷없는 질문을 던졌다.

"점창파의 장문대행이십니다."

가대건은 정중하게 말했다.

평소에는 몰라도 다른 사람들에게 소개할 때는 장문대행에 대한 예우를 잊지 않는 그였다.

"점창파… 파파?"

"몇 해 전인가, 마중천의 습격을 받아 멸문한 곳입니다."

"멸문은 무슨! 여기 장문대행이 살아 계시고 내가 살아 있는데 멸문이라니요?"

가대건이 버럭 소릴 지르며 성수파파를 성난 눈으로 돌아봤다. 성수파파는 가대건의 기세에 급히 고개를 돌리고 말았다.

"파파께서 실수했네요. 이해하세요. 성수궁이 강호의 일에 별로 관심이 없어서 그런 거예요. 한데, 이분을 왜 데리고 오셨죠?"

"예?"

당백지와 가대건이 동시에 물었다.

"이분은 지금 잠을 자고 있어요."

혼원예의 말에 당백지와 가대건은 기쁜 것도 아니고 슬픈 것도 아닌 묘한 표정을 지었다.

"그럼 왜 깨어나지 못하는 거죠?"

가대건이 참지 못하고 되물었다.

"호호호, 그거야 허물을 벗고 있는 중이니까 그렇죠."

"허물을 벗다니요?"

"음, 이런 현상은 저도 처음 보는 형태라 오히려 이분이 깨어나면 묻고 싶어요."

혼원예는 당백지와 가대건이 의아해하든 말든 신경 쓰지 않고 누워 있는 적우강을 쳐다봤다.

이런 경우도 있었다.

적우강은 적어도 몸 안에 두 가지 이상의 이질적인 기운을 품고 있었다. 처음엔 그래서 데리고 온 줄 알았다. 하지만 조치를 취할 필요가 없었다.

기운들이 알아서 자리를 찾아갔기 때문이다.

더 신기한 것은 막혀 있던 혈맥이 되살아나고 있었다.

'이런 경우를 어떻게 해석해야 하는 걸까?'

기연을 통해 탈태환골을 하는 경우는 봤어도 지금처럼 혈맥 자체가 허물을 벗는 것처럼 넓어지는 경우는 책에서도 보지 못한 현상이었다.

적우강의 맥을 통해 구석구석을 살펴봐도 정확한 원인을 알기는 힘들었다. 외적으로 보여지는 것 또한 문제가 없기에 더더욱.

'금침을 사용해 보면 어떨까?'

금침은 성수궁의 기보였다. 하지만 금침만으로 기보라 불리기엔 부족했다. 금침 안을 채우고 있는 것이 바로 가지고만 있어도 피를 깨끗하게 해주고 무인에겐 내공을 증진시켜 준다는 빙정이 들어 있는 까닭이다.

혼원예는 그것을 지금 사용할지 말지 고민하고 있었다. 적우강의 몸속에 혼원예의 호기심을 충족시켜 줄 단서만 있다면 그런 것은 문제가 아니었다.

"제가 어떻게 해야 하는지 알려주세요, 의원님."

가대건은 다급하게 부탁했다.

"의, 의원이요? 호호호!"

혼원예에게 큰 실례가 될 수도 있는 말이었으나 그것은 가대건에게 중요하지 않았다. 치료를 하는 사람은 의원이었고, 그 사람이 지금은 혼원예였다.

가대건이 할 수 있는 최상의 표현이 바로 '의원님'인 것이다.

"그냥 두면 돼요."

"예?"

"자고 일어나면 다 나아 있을 텐데요 뭐. 지금은 뭐랄까…
아! 운기를 한다고 생각하세요."

"운기요?"

"예. 의식적으로는 아니지만 그 비슷한 형태를 알아서 만
들어가는 중이니까요. 아마 저도 직접 보지 않았으면 믿지 않
았을 거예요. 하나 분명히 이분은 운기를 하고 있어요."

혼원예는 적우강의 몸속에 일어나는 현상을 설명하기 어
려워 대충 얼버무렸다.

아리송한 혼원예의 말에 가대건은 눈만 껌뻑였지만 상태
가 괜찮다는 말이라는 것을 아는 데는 그리 오래 걸리지 않았
다.

"고마워요, 혼원 소저."

당백지가 한시름 놓은 표정을 지으며 진심으로 고마워했
다.

"고맙기는요, 도와드린 것도 없는데. 오히려 당 소저처럼
아름다운 미인을 만나서 제가 영광이었어요."

"혼원 소저, 정말 감사드려요. 이제야 살 것 같아요."

당백지의 말에는 진심이 담겨 있었다.

적우강이 무사한 것을 자신의 것처럼 받아들이지 않고서
는 불가능한 반응이었다.

'당 소저는 이분을 사랑하는구나. 도대체 어떤 사람이기에 현기와 마기를 동시에 지니고 있는 거지? 더구나 두 가지 기운은 서로의 영역을 침범하지 않고 있어. 무엇보다 당 소저처럼 아름다운 여인의 사랑을 받고 있다는 거야.'

혼원예는 이미 검무대회 때 당백지가 보여준 용감한 행동에 크게 감동한 후였다. 혼원예로서는 엄두도 내지 못할 용기였다. 하지만 더욱 부러운 것은 여자로서 그런 용기를 낼 수 있도록 한 적우강이란 남자를 사랑한다는 것이다.

"이분이 부럽네요. 당 소저 같은 분의 사랑을 받다니."

"호, 혼원 소저, 그, 그런 거 아니에요."

"호호호, 얼굴에 다 쓰여 있는데요 뭐."

당백지의 붉어진 얼굴을 보며 웃고 있는 혼원예를 계속해서 주시하던 가대건이 더 이상 참을 수 없는지 용기를 내어 물었다.

"의… 혼원 소저, 내일은 깨어날 수 있을까요?"

"내일, 무슨 일이 있나요?"

"비무대회에 나가야 하거든요."

"비무대회요? 화 공자는 모레부터 나간다고 하던데, 내일도 비무대회를 여나요?"

"비무대회는 오늘부터 열렸는데 무슨 말씀이세요?"

가대건이 당황해서 오히려 반문했다.

"파파, 사실이에요?"

"맞습니다."

"하면 왜 화 공자는 모레부터 구경하라고 했지요?"

"화 공자가 그때부터 나오니까요, 아가씨."

"아……."

혼원예는 그제야 무슨 말인지 깨달았다.

그럼 얘기는 달라져야 했다.

"파파, 금침 좀 가져다주세요."

"예? 그, 그것을 이 사람에게 쓰시겠다는……."

"어쩔 수 없잖아요. 이 두 분의 정성에 감동해서 이대로 있
을 수가 없네요."

성수파파는 갑작스런 혼원예의 명령에 깜짝 놀랐으나 혼
원예의 표정이 웃고 있기에 두말없이 가지고 왔다.

적우강이 깨어날 때까지 거처에 있도록 혼원예가 허락했
으나 가대건은 적우강을 업고 숙소로 돌아왔다.

"이제 가보세요, 당 소저."

"적 소협이 깨어나는 것만 보고요."

"가서 주정민을 보면 이곳에 적 사제와 제가 있다고 알려
주세요. 그것이 서로를 위해서 편해요."

당백지는 적우강이 깨어나는 것을 꼭 보고 싶었으나 가대
건의 말이 일리가 있기에 어쩔 수 없이 먼저 일어났다.

당백지가 돌아가고 나서 날이 밝을 때까지 가대건은 앉은

채로 적우강을 보살폈다.

스스슷.

적우강의 몸에서 기이한 현상이 일어났다.

몸 안의 수분이 증발되는 것처럼 아지랑이가 피어올랐다. 계속해서 피어오르던 아지랑이는 방 안이 뿌옇게 변할 때까지 빠져나왔다.

혼원예의 거처.

새벽 일찍 일어나 머리를 매만진 혼원예는 밖으로 나와 하늘을 바라봤다. 곧 여명이 밝아올 것 같았다.

"파파, 이제 시작됐겠네요."

"구환금단까지 펼치실 줄은 몰랐습니다."

"나도 그럴 생각까진 없었어요. 하나 궁금한 것이 있으면 못 참는 성격이잖아요. 구환금단이 들어가자 적 소협의 몸이 놀라는 것 봤어요? 두 기운이 밀어내려고 하지만 제가 가만히 뒀을 리 없죠. 누가 이기나 억지로 밀어 넣었어요. 호호호."

신이 나서 말을 하는 혼원예를 성수파파가 걱정스러운 눈으로 쳐다봤다.

"파파, 그런 눈으로 보지 말아요. 나도 알아요. 안다고요. 하지만 당 소저의 표정을 보고 있자니 뭐라도 해야 할 것 같았단 말이에요."

"소궁주님, 구환금단의 효력도 모르는 사람들에게 굳

이······."

"혹시 알아요? 구환금단 덕분에 적 소협이 나중에 성수궁을 위험으로부터 구해줄지. 헤."

혼원예는 혀를 쏙 내밀고는 고개를 돌려 버렸다.

성수파파는 그 모습에 고개를 저었다.

못 말리는 소궁주가 저렇게 나오면 어쩔 수 없었다.

*   *   *

가대건은 눈을 뜨자마자 적우강의 상태를 보기 위해 침상으로 다가갔다.

"적 사······."

잠시 말을 멈추고 텅 빈 침상을 쳐다봤다.

적우강이 저곳에 있었는데 사라졌다.

어디로 갔을까?

갔다?

가대건의 눈이 커다랗게 변했다.

"적 사제!"

버럭 소리를 지르고는 밖으로 달려나갔다.

마당에 한 사람이 몸을 움직이고 있었다.

가볍게 자세를 이리저리 바꾸며 전보다 더욱 말끔해진 적우강이 웃으며 돌아봤다.

"일어났어요?"

"괜찮아? 어디 봐봐. 정말 괜찮은 거야?"

"그럼요. 새벽에 일어나는데 몸이 날아갈 것 같더라구요. 곤히 잠들어 있어서 깨우려다 말았어요."

"이야! 정말이구나! 하하, 하하하!"

가대건은 적우강의 몸을 이리저리 살펴보다가 툭툭 건드려 보았다. 신기하게도 멀쩡했다. 걱정했던 '그 힘'이 나올 때의 강한 살기도 느껴지지 않았다.

다행이었다.

'묻지 않는 편이 낫겠지?'

어제 있었던 일에 대해 알고 싶었으나 그 때문에 적우강이 다른 기억까지 꺼낼까 봐 묻지 않았다.

그런 가대건의 걱정을 알기나 하는지 적우강은 몸을 이리저리 움직이며 어제의 일을 떠올리고 있었다.

'대단한 공격이었어.'

당가환의 공격은 적우강의 내부를 완전히 무너뜨리기에 충분했다.

그 때문에 마기가 깨어나긴 했지만 결과적으로는 잘된 일이었다. 마치 막혀 있던 둑이 터졌다고나 할까? 몸이 훨씬 가벼워졌다.

'당 소저의 목소리 덕분에 정신을 차릴 수 있었어. 신세를 졌네. 그래선 안 되는데……'

당가환이 한 말이 떠오른 까닭이다.

주정민을 중독시켰다는.

사실이라면 도저히 용서할 수 없었다.

군웅대회가 열린 지 삼 일째가 됐는데도 사람들은 좀처럼 줄어들지 않았다. 강호명숙 중 빠진 사람은 한 명밖에 없었다. 당가환의 빈자리를 보며 강호명숙들은 의아해했지만 다들 그리 큰 신경은 쓰지 않았다.

"어제 불미스러운 일이 있었더군요."

곤오불이 조용히 말문을 열었다.

"불미스러운 일이라니요?"

"수라검이란 별호를 지닌 자가 이번 군웅대회에 참가하고 있다고 하더이다."

"수라검이요?"

"군웅대회를 구경하러 구대문파의 속가제자들이 서안의 한 주루에 들렀다가 봉변을 당한 일이 있었는데, 그것이 수라검이란 자의 암습 때문이랍니다."

'말도 안 되는 소문이군.'

육양 상인은 곤오불의 말에 고개를 흔들었다.

곤오불은 강호명숙들이 관심을 보이자 말을 이었다.

"어제 서안에서 당했던 검사 중에 한 명이 수라검을 보고 동료들과 다시 찾아갔던 모양입니다."

"그래서요, 잡았답니까?"

몇몇 명숙들이 관심을 드러냈다.

"그중 한 명인 모충이란 자는 혼절에서 깨어나지 못하고 있는 상태이고 나머지는 팔과 다리 등의 뼈가 부러져 움직일 형편이 안 된답니다."

"허허, 그건 좀 과장이 된 듯하군요."

육양 상인은 다른 명숙들이 동조하기 전에 먼저 나섰다. 이대로 두면 적우강이 마도의 인물로 몰릴 것 같았기 때문이다.

"육양 상인께서는 제가 거짓말을 했다는 겁니까?"

곤오불이 쌍심지를 켜며 따지듯이 물었다.

"허허허, 그럴 리가 있습니까. 단지 서안에서 구대문파의 속가제자들이 싸움을 건 상대가 천잔수 나곤이란 것을 말씀드리려 했던 것뿐입니다. 천잔수를 모르는 사람이 봤다면 저라도 속가제자들의 행태를 꾸짖었을 겁니다. 한데, 수라검? 그런 별호를 얻은 모양이구려. 그 사람이 나서서 속가제자들을 살려주었습니다."

"육양 상인, 그 말은 제가 듣던 것과 완전히 다르군요. 살려준 것이 아니라 암습으로 뼈를 부러뜨렸다고……."

"그렇게 하지 않았으면 천잔수에게 모두 죽었을 겁니다. 그런 사정을 다 빼고 결과만 말한 모양이구려. 곤 대협께서 누구에게 들으셨는지 몰라도 제 눈이 정확할 것입니다."

육양 상인이 이렇게까지 얘기를 하자 곤오불은 어쩔 수 없이 물러서고 말았다.

팔이 부러져 돌아온 제자 중 한 명의 말을 듣고 경묵기가
전해준 말이었다.

이때, 한 사람이 묘한 눈으로 육양 상인을 보고 있었다. 바
로 곤륜파의 섭일명이었다.

"얘기를 듣다 보니 어째 육양 상인께서는 검귀와 수라검을
모두 아시는 것 같습니다?"

"……."

육양 상인은 섭일명이 불쑥 물어보자 잠시 대답을 하지 못
했다. 그의 말대로 둘 다 아는 사람이었다. 둘 다 적우강이기
때문이다.

"같은 사람인데 모를 리가 없지요. 게다가 제가 추천한 사
람인걸요. 허허허."

"……!"

강호명숙들의 놀란 시선이 일제히 육양 상인을 향했다.

"그럼 점창파 출신이면서, 붕교를 죽일 정도의 실력을 가
졌으면서 뼈만 부러뜨렸다는 건가요?"

섭일명의 눈이 출전을 기다리는 곳으로 옮겨졌다.

그곳에는 유난히 눈에 띄는 한 사람이 앉아서 곧 시작될 비
무대를 응시하고 있었다.

'성숙일마도 상대하려 했는데 그 정도야. 허허허.'

육양 상인이 적우강을 마음에 들어하는 이유 중 그것이 가

장 컸다. 성숙일마라는 마도의 거물을 상대로 물러서지 않는 기백. 그것이야말로 정도의 후기지수들에게 가장 필요한 것이기 때문이다.

"나는 개인적으로 수라검귀라는 별호가 마음에 드는구려. 알아보니 사문이 구대문파 중 한곳인 점창파였더군요. 지금이야 그렇지만. 아무튼 정도의 큰 복이 아닐 수 없지요. 허허허."

육양 상인은 뭐가 그리 좋은지 너털웃음을 계속해서 흘렸다.

"멸문됐다는 소문을 듣고 안타까워했는데, 잘된 일이오."

"점창파에 용이 탄생한 건가? 핫핫핫!"

강호명숙들이 저마다 한마디씩 거들었다.

적우강은 오전에 비무가 없는 걸 확인하고 조용히 비무대를 빠져나왔다.

"적 소협."

"……!"

당백지였다.

그녀는 적우강을 보자마자 적우강의 주위를 한 바퀴 빙 돌며 살핀 후에야 웃으며 눈을 똑바로 쳐다봤다.

"비무에 나갈 정도로 괜찮아진 거예요?"

활짝 웃는 얼굴에는 그늘을 찾아볼 수 없었다.

지난밤의 일은 완전히 잊은 얼굴이었다.

"그래도 될 것 같소."

적우강은 당백지의 걱정을 알고 있었지만 굳이 드러내고 싶지 않아 머쓱하게 웃으며 머리를 긁적였다.

"숙부님 때문에 그러시죠? 숙부님은 괜찮으세요. 손을 조금 다쳤지만 훌륭한 의원 덕분에 금방 회복이 된다고 하네요. 아 참, 주 소협 소식 궁금하죠?"

당백지는 빨리 자리를 피하고 싶어하는 적우강을 붙잡기 위해 주정민의 얘기를 꺼냈다.

그러자 적우강의 눈빛이 반짝거렸다.

"호호호, 오빠가 본 가에서 늑장을 부려 조금 늦는 모양이에요. 오늘 도착한다고 연락이 왔대요. 주 소협도 함께 오고 있어요."

"아, 다행이네요."

대답과 다르게 적우강의 표정이 순간적으로 어두워지자, 당연히 좋아할 줄 알았던 당백지는 가슴이 철렁거렸다.

"어제… 숙부님과 무슨 얘기 나눴는지 여쭤봐도 돼요? 숙부님은 함구한 채 한마디도 해주질 않으세요. 무슨 얘길 나누셨어요?"

"저도 할 말 없습니다."

"아니요. 적 소협 얼굴에는 할 말 많다고 적혀 있어요."

"없습니다."

적우강이 완고하게 고개를 저었다.

당백지의 눈에 물기가 어렸다.

상황을 알아야 도움을 줄 텐데 답답한 고집쟁이가 도대체 마음을 열지 않고 있었다.

"왜 자꾸 밀어내요?"

"……!"

적우강은 당백지가 갑자기 소리를 지르자 깜짝 놀라 주위를 돌아봤다. 지나가던 사람들이 걸음을 멈추며 두 사람을 쳐다봤다.

"더 소리 지를까요? 나, 정말 화 많이 났어요. 비무대로 뛰어올라 가던 내 모습 봤죠? 내가 왜 그랬는지 모르겠어요? 몰라요?"

당백지는 눈을 동그랗게 뜨며 외쳤다.

그녀의 목소리를 통해 감정이 전달됐다.

결국 꾹 닫혀 있던 적우강의 입술이 열렸다.

"당 소저의 숙부가 주 사형을 중독시켰답니다. 십 초만 버티면 해독시킬 수 있는 방법을 알려주겠다고 하고는……."

더 이상 말을 이었다가는 그때의 감정이 되살아날 것 같아 다시 숨을 삼켰다.

"……!"

당백지는 끝까지 듣지 않아도 적우강의 분노를 느낄 수 있었다. 찬물에 몸을 담근 느낌이었다. 끝까지 듣지 않아도 어떻게 된 상황인지 알 것 같았다.

"제가 직접 들어야겠어요."

"주 사형을 만나면 다 알게 되겠지요. 만약 당 소저의 숙부가 한 말이 사실이라면 앞으로… 당 소저를 볼 일은 없을 것 같네요."

쿵!

당백지는 적우강의 말이 비수라도 된 것처럼 가슴 한 부위가 텅 빈 것처럼 휑해지고 말았다. 움직이지 못하고 가만히 멀어지는 적우강의 뒷모습만 쳐다볼 수밖에 없었다.

"숙부님!"

당백지는 눈물이 그렁한 눈으로 당가환을 쳐다봤다.

당가환의 입으로 주정민이 중독됐다는 말을 들은 것이다.

"무슨 독이에요?"

"백지야, 그건 형님께서 하신 일이다. 멸문된 문파의 생존자들을 다룰 때는 당가뿐만 아니라 다른 문파에서도 같은 방법을 사용한다. 혹시라도 무공이나 보물을 훔쳐서 달아나면 그 뒷감당을 어찌하려고?"

"그분들은 저의 생명을 구해주셨다고요. 무슨 독이에요?"

"당가 전체를 봤을 때는 아주 작은 부분이다. 너는 모른 척하면 돼."

"......!"

당가환은 지금 당백지의 마음에 대못을 박고 있다는 것을 모르고 있었다. 목숨을 구해준 은인을 도망가지 못하게 만들기 위해 독을 썼다? 그걸 받아들이라고 하는 건 당백지에겐 무리였다.

"무슨 독이냐고요?"

당백지의 목소리가 많이 차가워졌다.

"말해줄 수 없다."

왜 그랬는지는 몰라도 적우강이 하지 않은 말을 굳이 자신이 할 필요는 없었다.

*　　　*　　　*

쏴아아—

아침에는 날씨가 좋더니 오후에 들어오자 하늘이 갑자기 흐려지며 비를 쏟기 시작했다.

군웅들은 겉옷을 벗어 옆 사람과 함께 덮는 사람도 있고 그냥 비를 맞으며 자리를 지키는 사람도 있었다.

세 번째 시합을 할 사람들이 비무대에서 호명될 때 화산파 정문에는 흑색 마차가 도착하고 있었다.

마차 안에는 사천당가를 대표해 출전하는 당백룡과 한 청년이 타고 있었다.

"주 형, 오랜만에 밖에 나오니 좋지 않소? 하하하!"

당백룡의 자신감 넘치는 말에 주정민은 희미한 웃음만 지었다. 끌려온 사람에게 너무 많은 걸 바라는 당백룡이었다.

*　　　*　　　*

적우강은 숙소로 돌아와 비 내리는 모습을 바라보며 가대건을 기다렸다.

기분이 착 가라앉는 건 날씨 때문일 것이다.

마음이 무거웠다.

일다경이나 지났을까, 밖에서 가대건의 목소리가 크게 들렸다.

"적 사제!"

"……!"

적우강은 직감적으로 주정민에 대한 얘기임을 알 수 있었다. 심호흡을 하고 나서 자하검을 쥔 채 밖으로 나갔다.

가대건의 표정이 딱딱하게 굳어 있었다.

"가죠."

적우강은 묻지 않았고, 가대건 역시 아무 말도 하지 않았다. 지금은 사형을 찾는 막내 사제가 아니라 점창파의 장문대행 적우강이어야 했다.

적우강이 가대건과 함께 당가의 숙소 앞으로 가자 거대한 흑색 마차가 서 있었다. 적우강은 망설이지 않고 당당하게 걸어 흑색 마차를 지나쳐 안으로 들어갔다.

마당에는 흑색 마차를 환영하기 위해 당가 사람들이 모두 나와 있었다.

"주 사형……."

적우강의 입에서 나직한 목소리가 흘러나왔다.

사람들이 일제히 돌아봤다.

'당 소저가 안 보인다. 차라리 잘됐다.'

안 보여서 다행이라 여긴 것이다.

지금부터 적우강이 할 행동을 보지 않는 편이 낫기 때문이다.

적우강은 놀라서 제자리에 멈춰 선 주정민을 향해 똑바로 다가갔다.

웃으려고 애썼으나 도저히 입가에 미소가 그려지지 않았다.

그런 적우강의 마음을 옆에서 지켜보던 가대건이 알고서 한 발 앞으로 먼저 나서서 주정민에게 손을 들어 보였다.

"주정민, 장문대행이시다!"

가대건은 주정민이 자신의 손바닥을 보는 순간 꾹 쥐며 적우강을 가리켰다. 그제야 주정민의 시선이 적우강을 향했다.

멍하니 서서 그냥 보기만 했다.

그러나 그런 주정민을 보는 적우강의 눈빛이 흔들렸다. 뭔가 이상했다. 당가환의 말대로라면 난처한 표정을 짓든 적우강을 외면하든 했어야 하는데 주정민은 곧이라도 눈물을 쏟을 것처럼 눈동자를 일렁이고 있었다.

"살아 있었구나, 적 사제. 아니지. 이젠 장문대행이라고 불러야겠네. 하, 하하… 하하하……!"

주정민은 입을 떼자마자 마구 말을 쏟아냈다. 그리고는 곧바로 한쪽 무릎을 바닥에 꿇었다.

툭.

장하다, 사제!

주정민은 마음속으로 외쳤다.

당가의 숙소 앞에 모여 있던 사람들은 모두 신기한 눈으로 상황을 지켜봤다.

주정민의 행동은 적우강의 머릿속을 개운하게 만들어주었다. 중독이 됐든 아니든 상관없었다. 주정민에게 한달음에 다가가 양손을 잡고서 일으켜 주었다.

"주 사형, 살아 있어줘서 고마워요."

적우강의 목소리가 심하게 떨렸다.

감격에 겨워 말을 제대로 잇지 못할 정도로 손까지 부들부들 떨었다.

"내가 할… 소리… 사, 살아 있었어, 우, 우리 청명… 읍읍… 살아 있었어……."

주정민은 울까 봐 입술을 깨물고 눈을 감고 코까지 계속해서 찡긋거렸다. 웃었다. 웃기 위해 있는 힘을 다해 얼굴을 찡

그렸다.

적우강은 힘껏 주정민을 안았다.

가족을 만나면 당연히 울 수 있지만 지금은 그럴 수 없었다.

"주 사형, 잠시 해결할 일이 있습니다."

몸은 괜찮으세요? 당가에서 잘해주셨나요?

의례적인 인사라도 했어야 하는 건가?

모르겠다. 아무것도 머릿속에 떠오르질 않는다.

"예, 장문대행."

주정민의 입에서 너무도 깍듯한 말이 나왔다.

적우강은 평소대로 하라며 면박을 주고 싶지만 몸은 이미 앞으로 움직이고 있었다.

당가환이 눈에 들어온 까닭이다.

"당 대협, 제가 해결을 할까요, 해결하시렵니까?"

적우강의 몸이 부들부들 떨렸다.

그 모습은 당가환을 질리게 만들었다.

"무, 무슨 소리를 하는지 모르겠군. 자네가 누군지 모르지만 당가의 숙소에 와서 이게 무슨 행사인가?"

당가환은 적우강의 말을 부정하며 노려봤다.

어제만 해도 적우강을 두 번이나 본 사람이 저런 말을 하는 것이다.

"하하하, 두 분이 항상 말씀하시던 사제신가 보군요. 당백룡이라 합니다. 이제라도 다시 사문을 찾게 됐으니 정말 축하

할 일입니다."

묘해질 것 같은 분위기에 끼어들며 떡 벌어진 어깨를 으쓱거리는 청년은 이번 군웅대회에 당가를 대표해서 출전하는 당백룡이었다.

분위기가 심상찮음을 느끼고 적우강에게 먼저 포권을 취했다.

적우강은 당백룡의 멀쩡한 행동에는 관심없었다.

저자는 주정민이 중독된 것에 대해 모르는 걸까?

알고 있으면서 모르는 척하는 걸까?

만약 후자라면 이자 역시 용서하지 않을 것이다.

당가환 한 사람으로 인해 당가의 누구도 믿을 수 없게 된 적우강으로서는 당연한 생각이었다.

"주 사형은 사문을 잃은 적이 없소. 점창파는 예나 지금이나 앞으로도 사형과 함께할 테니까!"

적우강은 당백룡을 직시하며 당차게 외쳤다.

주정민이 보고 있다는 것을 의식한 것도 있지만 스스로에게 다짐하는 말이기도 했다.

"하하하! 제가 말을 실수했나 보군요."

"실수했소."

"이런, 당가에서 소협에게 잘못한 일이 있었나요? 주 소협을 안전하게 데리고 있었을 뿐인데."

당백룡은 적우강이 왜 화를 내는지 모르겠다는 듯이 천연

덕스럽게 웃으며 말했다.

"안전하게? 정말이오? 당 소저에게 물어봐도 같은 말이 나오겠소?"

"백지를……. 그러고 보니 백지가 안 보이는군. 숙부님, 백지가 지금 어디 있습니까?"

당백룡이 적우강의 질문에 코웃음 치며 당백지를 찾았다. 하지만 당백룡의 눈에 당가환의 굳어진 얼굴이 보였다. 그 모습에 당백룡은 화제를 바꾸었다.

"백지가 잠깐 어딜 간 모양이군. 돌아오는 대로 물어보지. 할 일이 있으니 나중에 또 보세. 주 소협은 근시일 내에 보내도록 하겠네."

"아니, 주 사형은 지금 나와 갑니다."

"하하하! 내 말을 못 들었나?"

"어떤 독에 중독됐는지 알아야 하니까 서둘러야 한다는 말까지 해야 하겠소?"

"주, 중독?"

웬만한 일에는 꿈쩍도 않을 것 같던 당백룡의 얼굴에 놀란 표정이 그대로 드러났다.

"독?"

가만히 듣고만 있던 주정민이 적우강을 돌아보며 깜짝 놀란 표정을 지었다. 그리고는 설명을 바라는 눈으로 당백룡을 다시 쳐다봤다.

"하, 하하! 무, 무슨 말을 하는지 모르겠군."

당백룡은 애써 주정민의 시선을 외면하며 반문했다.

"당신도 똑같은 사람이군."

적우강은 당백룡의 태도에서 고개를 저었다.

당가환과 똑같은 사람이었다.

그러다 문득 든 생각.

계속해서 적우강을 외면하는 당가환과 주정민이 왔는데도 나와보지 않는 당백지의 모습이 묘하게 연결됐다. 갈 곳이 있을 리 없었다.

번쩍.

적우강의 눈에서 안광이 뿜어졌다.

"……!"

그 눈빛이 얼마나 강하던지 당백룡은 자신도 모르게 순간적으로 기운을 일으키고 말았다.

스스스.

"……!"

당백룡은 당연히 물러설 것이라 여기고 급히 진기를 거두려 했다. 하지만 그럴 필요가 전혀 없었다. 적우강은 전혀 영향을 받지 않은 모습으로 제자리를 지키고 있었다.

"당 소저는 지금 어디 있소?"

적우강의 시선은 당백룡이 아닌 당가환에게 향해 있었다. 말도 안 되는 황당한 상상을 하고 있는 까닭에 마음이 급해진 까닭이다.

당가환이 당백지를 가뒀을지도 모른다!

다른 사람도 아닌 당가환이라면 가능한 일이었다.

"적 소협, 숙부께 그런 태도는 건방지잖은가. 더 이상 소란을 피우면 손을 쓸 수밖에 없네."

당백룡이 경고했다.

"그전에, 당신이 손을 쓰기 전에 한 가지만 알아두시오. 당 소저를 만나면 다 해결될 일이 당신 때문에 복잡하게 된다는 것을."

경고를 한 당백룡이 오히려 당황하고 말았다.

두 사람의 대화를 듣고 있던 당가환은 욱신거리는 손을 잡고 인상을 쓰고 있었다.

'저놈, 어제 피를 토하던 그놈이 맞는 건가?'

당가환은 적우강이 멀쩡한 모습으로 나타났을 때부터 그 엄청난 치유력에 혀를 내두르고 있는 중이었다.

등에 식은땀이 흘렀다.

어제와 같은 모습을 보인다면 아무리 당백룡이 와 있다고 해도 승산이 없었다.

"적우강, 그만 돌아가라. 더 소란을 피우면 너는 강호에서 설 곳을 잃게 돼. 여기서 물러서면… 없던 일로 하겠다."

당가환은 본성을 드러냈다.

적 소협에서 적우강의 이름을 대놓고 부른 것도 모자라 하대까지 했다.

"당 소저는 어디 있소?"

"이놈! 보자 보자 하니까 하늘 높은 줄 모르고 날뛰는구나! 네가 당가의 식구들을 전부 당해낼 것 같으냐?"

당가환으로서는 현재 적우강을 겁줄 유일한 것이 당가의 힘이었다.

"당 소저를 어디다 가뒀소?"

적우강이 같은 말을 또다시 반복했다.

"이, 이놈!"

"후후후, 당신답지 않게 서두르는 걸 보니… 방에 있는 모양이군."

적우강은 당가환의 눈동자가 흔들리는 것을 확인한 후 곧장 방으로 걸어가려 했다.

"룡아, 막아라!"

당가환이 소리치자 당백룡은 곧장 움직이려 했다.

"당 공자."

주정민이 당백룡을 막아섰다.

"주 형, 비키시오."

"내가 중독됐다는 말이 사실이오?"

"주 형!"

"사실이오?"

당가에서 보낸 이 년 중 대부분의 생활을 함께했던 사람이 바로 당백룡이었다. 당백지 모르게 당가의 싸움에 나간 것도 당백룡 때문이었고, 점창파의 제자라는 것을 알리면 당백지에게 피해가 갈지 모른다고 숨겨달라고 부탁한 사람도 당백룡이었다.

"그동안 나를 이용하면서 좋았소? 살이 갈라지고 뼈가 부서져도 참았는데, 그걸 치료해 주겠다고 한 약이 독이라니! 하하하!"

주정민의 웃음에 분노가 담겼다.

인간의 탈을 쓰고 그럴 수는 없었다.

사실이라면 인간이 아닌 것이다.

"그럴 리가 있소! 주 소협, 나요! 나 당백룡이오! 주 소협에게 내가 어떻게 대했는데 나를 못 믿겠다는 거요?"

당백룡은 억울하다는 표정을 지었다.

"정말 몹쓸 양반이군. 이미 다 드러났잖아! 장문대행께서 당 소저를 데리고 나오면 밝혀져! 주정민, 나는 뭐라고 할 말이 없다."

가대건은 차마 하지 못한 말을 한꺼번에 쏟아내고는 콧방귀까지 뀌었다. 검을 뽑아 들고 언제든 공격을 막을 준비를 한 후였다.

"가대건, 우리가 언제 따로 행동한 적 있냐. 당 공자, 이 말은 안 하려고 했는데 해야겠소. 당신과 보냈던 이 년이 내겐 정말 기억하고 싶지 않은 시간이었던 걸 아시오? 할 줄 아는 것이라곤 허풍밖에 없는 주제에."

"킥킥킥."

가대건이 주정민의 비아냥거리는 말에 웃음을 터뜨렸다.
주정민은 어느새 이 년 전의 청명각 사형제로 돌아와 있었다.

"세상에! 당 소저!"

적우강은 방을 열자마자 기가 막힌 광경에 할 말을 잃었다.

당백지가 손발이 묶이고 재갈이 물린 채로 방 한쪽에서 적
우강을 보며 눈물을 흘리고 있었다. 방으로 들어가 곧바로 재
갈부터 풀어주었다.

"이놈, 죽어!"

"조심해요, 숙부……."

당백지는 적우강의 등 뒤로 달려드는 당가환을 보고 깜짝
놀라 소리쳤다.

적우강의 등을 노리고 공격한 것이다.

그러나 적우강은 이미 당백지의 눈동자를 통해 당가환의
모습을 보고 있었다.

우르르.

소리를 들으니 압뇌장이 분명했다.

몸을 돌려 자하검을 그었다.

쾅!

"켁!"

당가환은 자신의 양손을 감싼 붕대가 풀어지는 것도 모르고 적우강을 믿을 수 없는 눈으로 바라보며 뒤쪽으로 날아갔다.

그의 압뇌장이 때린 것은 사각형의 모서리였다.

미리반천에 의해 형성된 우물 정(井) 자의 형상.

적우강은 어느새 당백지를 보호하며 돌아서 있었다.

저 등, 이 년 전 음양공자에게서 구해주었고, 점창파의 계단을 오르던 그 등이 눈앞에 있었다.

당백지가 이마를 그 등에 댈 때였다.

"모두 꼼짝 마!"

밖에서 당백룡의 목소리가 쩌렁거리며 들려왔다.

적우강은 당백지의 손과 발을 마저 풀어주었다.

"모른 척하지……."

적우강의 진심이었다.

"그럴 수 없다는 거 알면서."

당백지는 입술을 삐쭉거리며 대답했다.

이렇게까지 될 줄은 몰랐지만 당백지에게 안 좋은 일이 생길까 봐 그토록 외면했건만 결국은 이렇게 됐다.

손을 뻗어 당백지를 조용히 끌어안았다.

당백지는 저항하지 않았다.

적우강의 품에 머리를 기댔다.

그 상태로 두 사람은 아무 말도 하지 않고 가만히 있었다.

당백지의 점점 달아오르는 얼굴이라든지 쿵쾅대며 뛰는

적우강의 심장 소리는 중요하지 않았다.

나쁘지 않았다.

"이, 일단 나가요. 독을 사용하는 사람은 숙부와 오빠만이
아니니까요. 흠흠."

당백지는 적우강과 눈이라도 마주칠까 봐 재빨리 방을 나
섰다.

第八章
장문대행

　"백룡아, 잘 들어라. 저들을 보내서는 안 된다. 이 일이 외부에 알려지면 당가의 체면은 말이 아니게 된다. 무슨 일이 있어도 저놈들을 죽여!"

　당가환은 너덜거리는 붕대를 묶을 생각도 않고 당백룡의 팔을 붙들었다.

　"제가 알아서 하겠습니다."

　당백룡은 당가환을 안아서 한쪽에 눕히고는 하인들에게 돌보게 했다. 그리고는 방에서 나오는 적우강과 당백지를 바라봤다.

　'일이 이상하게 꼬여 버렸군. 숙부님께선 왜 백지를 가둬

서는.'

"숙부……."

당백지는 방에서 나오자마자 당가환에게 가려 했지만 당백룡이 막아서는 바람에 멈춰야 했다.

"백지야, 숙부님께선 환자이시다. 할 말이 있으면 나중에 하자."

"오빠!"

"이유가 있으셨단다."

"그렇다고 저를 감금해요?"

"말은 똑바로 해야지. 다른 사람들도 듣는데. 감금이 아니라 잠시 방에서 못 나오게 하셨더구나."

"……!"

당백룡은 당백지의 몸이 파르르 떨리는 것을 외면하며 시선을 적우강에게 돌렸다.

"적 소협, 원하는 것을 말해줄 테니 이번 일은 없었던 일로 합시다. 서로 얼굴 붉히며 싸워봤자 일만 커질 뿐이오. 당가에도 입장이란 것이 있으니. 어떻소?"

당백룡이 선심 쓰듯 말했다.

사과를 하는 것이 아니라 오히려 봐줄 테니 없었던 일로 하자는 태도였다.

"주 사형의 해독약을 내놓으시오."

적우강은 최대한 냉정해지려 노력했다.

싸움은 나중에 언제든지 할 수 있지만 주정민의 해독약을 구할 수 있는 순간은 지금뿐이었다.

"해독약? 무슨 말을 하는 거요, 적 소협? 마치 당가에서 주 소협을 독에 중독시키기라도 했다는 것처럼 들리는군요?"

"주시오."

"이런, 협박은 사양하겠소."

"협박? 당신이 아니라 내가 협박을 했다고?"

슥.

적우강이 기세를 드러내며 자하검을 쥔 손에 힘을 가했다.

"오빠, 주세요."

당백지가 급히 나섰다.

적우강이 여기서 당가환에 이어 당백룡과도 싸우게 되면 승패 여부를 떠나 적우강은 당가와 원수가 될 수밖에 없었다. 그것은 꿈에서도 보고 싶지 않은 상황이었다.

"오빠, 어서요. 더 이상 적 소협을 자극하지 말아요."

"흥정이 안 통하는 사람이군. 귀심향이다."

당백룡은 어쩔 수 없다는 듯이 독의 이름을 말해주었다.

"귀심향? 그… 제가 어릴 때부터 먹어왔던 그 귀심향이 요?"

"맞다. 네게는, 아니, 당가의 직계에겐 아무 소용 없지만 다른 사람이 먹으면 치명적이 될 수 있는 독이지. 추혼단만이 해독을 할 수 있다."

"추혼단을 주세요."

"내가 지니고 있을 리가 없잖느냐. 당가에 있다."

"……!"

당백지는 그제야 당백룡의 의도를 알 수 있었다.

귀심향을 해독하기 위해서는 당가로 찾아와라.

이 뜻이었다.

"오빠, 왜 그래요? 주 소협과 함께 동행을 했으면서 추혼단을 당가에 놓고 왔다고요? 추혼단이 없으면 해결하지 못한다고 우기고 싶은 거예요?"

"말해달라고 해서 말해줬더니 또 원망인 것이냐?"

"주세요."

"없다고 했잖느냐."

당백룡이 입을 굳게 다물며 고개를 저었다.

"푸하하! 가시죠, 장문대행. 저런 자에게 아쉬운 소리를 할 바에는 차라리 죽어버리겠습니다."

주정민은 호탕하게 웃으며 돌아섰다.

"당 소저, 주 사형이 죽나요?"

적우강의 목소리가 무거워졌다.

당백지는 해독약을 달라는 무언의 바람을 담아 당백룡을 바라봤다. 하지만 당백룡은 눈썹 하나 까딱하지 않았다.

"그럴 리가요. 뭐 하세요, 적 소협. 주 소협이 가자고 하잖아요."

"······?"

적우강은 갑자기 달라진 당백지의 목소리에 의아한 눈이 되었다. 기대 어린 눈으로 당백지를 바라봤다.

"제가 해독할 수 있어요."

"배, 백지야!"

"오빠는 큰 실수를 한 거예요."

"무슨 말이냐?"

"당가에 독을 다루는 사람은 오빠뿐이 아니에요. 저도 그중 한 사람이고요. 오빠는 지난 이 년 동안 내가 뭘 했는지 모르죠?"

"······?"

"알았다면 이런 유치한 수법은 사용하지 않았을 거예요. 어릴 때 만천화우를 익히겠다고 하니까 아버님께서 당가독술진요해에 적혀 있는 독 중 칠십 가지를 먹으면 익힐 수 있게 해주겠다고 하셨어요. 제가 어떻게 했게요? 먹었어요. 오빠, 독을 먹고 해독을 하면 어떤 효과가 있는지 아시죠?"

당백지는 당백룡의 당황하는 표정을 보며 돌아섰다.

"백지야, 너······."

당백룡은 그제야 당백지의 말뜻을 깨닫고 급히 불러 세웠다. 당가에서는 아주 미세한 양의 독을 어렸을 때부터 복용하며 자라도록 되어 있었다. 그 때문에 웬만한 독에는 면역력이 일반인과는 비교도 할 수 없이 높았고, 피 자체가 엄청난 독이자 해독약인 것이다.

"적 소협, 제가 할 수 있어요. 가요."

돌아서는 당백지의 입가가 어두웠다.

적우강은 자리를 떠나기 전에 당백룡을 직시했다.

"당 공자, 여동생 덕분에 오늘 일은 걱정하지 않아도 될 것 같소."

적우강의 말은 이미 당백룡의 귀에 들어오지 않았다.

적우강과 함께 움직이려는 당백지를 막는 것이 급선무였기 때문이다.

"백지야! 이 일을 아버님께서 아시면 어찌 될지 잘 알지 않느냐? 어서 돌아오지 못하겠느냐!"

당백룡은 다급하게 외쳤다.

"숙부님께 감금된 걸로 족해요. 아버님께는 제가 나중에 말씀드릴게요."

"저, 저들과 함께 지내겠다는 말이냐?"

"여기보단 나아요."

당백지는 이를 악문 채로 돌아보지도 않고 대답했다.

더 이상 당백룡의 목소리는 들리지 않았다.

쏴아아!

빗소리가 시원하게 창문을 두드렸다.

"주 사형, 혹시 구 사형의 소식은… 아세요?"

적우강의 질문에 주정민은 침통한 표정으로 고개를 저었
다. 당시의 기억이 나는지 이마를 짚었다. 당백지를 보호하면
서 구자귀까지 신경 쓸 여력이 주정민에겐 없었다.

"찾아보질 못했습니다."

"그랬군요. 홍 사형과 여 사형은… 청명각 앞에 모셔놨어
요."

"……."

"그립네요."

쏴아아!

적우강의 목소리가 빗소리에 묻혀 잘 들리지 않았으나 주
정민과 가대건은 그 말 한마디에 청명각에서 지낼 때로 돌아
갔다.

"비가 와도 눈이 와도 계단 수련과 바위 들기 수련은 빠지
지 않았는데……."

"주정민, 실력 좀 늘었냐?"

"가대건, 다른 사람이 그 말을 했으면 한 번쯤 생각하겠지
만, 네가 그런 말을 하니까 우습구나. 이 년 동안 수련이라곤
거의 하지 못했어도 너는 이긴다."

"뭐?"

"다른 사람도 아니고. 나 참."

주정민은 어이가 없다는 듯이 고개까지 가로저었다.

"주정민, 따라 나와."

"나오라면 못 나갈 줄 알고?"

주정민이 기다렸다는 듯이 콧방귀를 뀌며 마당으로 나갔다.

"적 소협, 말리셔야죠. 장난인 줄 알았는데 정말로 싸울 것 같아요."

당백지의 말에 적우강은 고개를 가로저었다.

"괜찮아요. 가 사형이 말하지 않았으면 제가 했을 거예요. 청명각식 인사법인 셈이죠. 하하하!"

적우강은 열린 문 밖에 선 두 사형을 보며 웃었다.

목검이 아니라 진검을 들고 있지만 그래서 더 즐거운 두 사람이었다. 진짜로 찌른다고 소리를 질렀고 주먹으로 때렸다고 소리를 질러댔다.

수련을 통해 말없이 서로를 이해했던 사람들에게 저보다 더 행복한 대화는 없을 것이다.

＊　　　＊　　　＊

쿵!

군웅들의 시선이 비무대를 묵직하게 누르는 자에게 쏠렸다.

거대한 체구의 인간이 등장했다.

구 척에 달하는 엄청난 몸집의 거한은 양 소매를 잘라 구릿

빛 피부를 드러냈고, 부릅뜬 눈에 덥수룩한 수염을 기르고 있었다.

허리춤에 녹슨 칼이 덜렁거렸다.

"거력도 항경이다!"

쩌렁거리며 자신을 소개한 거한은 도를 꺼내 들며 정면에 선 적우강을 노려봤다.

"적우강이오."

적우강은 소개를 하면서 자꾸만 웃음이 나왔다.

항경의 몸집이 웃겨서가 아니라 이 싸움을 주정민이 보고 있다는 생각 때문에 웃음이 나오는 것이다.

주정민은 이미 적우강이 점창파 장문대행임을 인정했지만 직접 보여주고 싶었다. 누구도 무시하지 못하는 점창파 장문대행으로서의 신위를 보여주고 싶었다.

이 대결이 끝나면 구대문파와 오대세가의 출전자들과 겨룰 수 있었다. 한 명은 누가 나올지 모르지만 그런 것은 중요하지 않았다.

"크크크! 그따위 검, 이 배로 날려주마."

탁탁!

항경은 배를 두드리며 적우강이 들고 있는 자하검을 부러뜨리는 시늉을 하며 기괴하게 웃었다.

"얘기 들었어? 저 청년이 수라검귀래."

군웅들 사이에서 들려온 조용한 목소리였다.

"수라검귀?"

"왜, 구대문파의 속가제자들 뼈를 부러뜨리고 마중천의 붕교를 죽인 자 있잖아."

"뭐야, 구대문파면 정도고… 마중천이면 마도잖아? 양쪽다 싸운 거야?"

"그러니 수라검귀지. 저 친구가 결승에 올라가면 좋겠구면. 그래도 군웅대회에 참가한 걸 보면 마도는 아닌 모양이네."

"자네 말이 사실이라면 진짜 재미있겠는데?"

"그치? 나는 오늘부로 수라검귀를 응원할 걸세."

두 사람의 말은 순식간에 주위로 퍼졌다.

수라검귀는 이름도 그렇지만 수라검귀라는 별호에 대한 설명이 독특한 까닭이다.

여기저기서 수라검귀에 대한 얘기가 나오자 정작 말을 시작한 두 사람은 슬그머니 자리에서 일어나 비무장 뒤로 빠져나갔다.

"수라검귀, 잘 싸워라!"

"최고다, 수라검귀!"

갑작스런 응원에 적우강은 어리둥절해져서 주위를 돌아봤다.

"수라검귀? 별호 하고는. 감히 나 항경과 마주하고서 한눈을 팔아? 죽고 싶은 모양이구나."

항경은 아직도 자신을 보지 않는 적우강을 향해 코웃음 치며 거력도를 휘둘렀다.

후웅—

도에서 일어난 바람이 비무대를 휩쓸었다.

콰콰콰!

비무대를 올라올 때와는 다르게 항경의 발은 빠르고 가벼웠다. 하지만 그의 거력도보다는 적우강이 배는 빨랐다. 막 거력도가 적우강에 닿으려 하는 순간 그의 얼굴에서 경쾌한 음향이 터졌다.

빡!

"윽!"

항경은 거력도를 놓고서 얼굴을 감싼 채 그 자리에 주저앉았다.

얼굴에 붉은 선이 그려졌다.

적우강의 자하검이 어느새 얼굴을 때리고 지나간 것이다.

"와아—!"

군웅들은 일제히 함성을 질렀다.

적우강과 항경이 비무대에 오를 때부터 군웅들은 자신들이 응원할 사람을 선택했다.

항경은 나름 유명세를 타고 있는 무인이었으나 한 번도 지지 않고 있는 이름도 들어보지 못한 적우강에게 더 후한 점수를 주었다.

더구나 싸움이 시작되기 전부터 웅성거리던 수라검귀에 대한 말은 더욱 그 점을 부각시켜 주었다.

정도든 마도든 가리지 않고 상대한다!

이 정도의 기개를 요즘 강호에선 찾아볼 수 없었다.

군웅은 영웅을 원하고, 그 조건을 갖춘 젊은 고수가 등장한 것이다.

함성은 쉽게 수그러들지 않았다.

군웅들의 갑작스런 환호에 당황한 쪽은 비무대 위에 있는 강호명숙들과 대회를 주관한 화산파의 장문인이었다.

"이 무슨……."

화군명은 비무대 위에서 환호를 받는 적우강을 보며 인상을 찌푸렸다.

혁련궁이 자하검을 선물해도 되겠느냐는 질문을 했을 때 흔쾌히 허락한 데에는 이유가 있었다. 이 년 연속 우승을 했으니 자하검을 화군악에게 양보할 생각인 줄 알았기 때문이다.

그러나 혁련궁은 자하검을 적우강에게 전했다.

자하검이 이름도 알려지지 않은 자에게 갔다는 사실만으로도 괘씸한데 구대문파와 오대세가의 후계자도 아닌 주제에 지나치게 엄청난 인기를 얻고 있었다.

"허허허, 나 말고도 적 소협의 별호를 수라검귀로 인정한 사람이 있는 모양입니다."

육양 상인이 화군명의 마음도 모르고 적우강을 칭찬하는 말을 꺼냈다.

"그래도 군웅들의 반응이 지나친 것 아닌가요?"

곤오불이 은근히 기분이 언짢다는 표시를 했다.

"군웅들의 눈은 정확합니다. 영웅을 뽑는 대회에서 영웅이 나오길 바라는 건 당연하지 않습니까? 허허허."

"육양 상인께선 저 청년을 너무 두둔하시는군요."

"두둔하는 것이 아니라 있는 그대로를 말하는 것입니다. 소문에 듣자니 항경의 도는 검사를 사용하는 고수와 싸워도 밀리지 않는다고 합니다. 그런 자를 저리 간단하게 눌렀다는 것이 놀랍지 않소?"

"방심했겠지요."

곤오불의 목소리에 짜증이 섞여 있었다.

"그럼 방심하지 않았을 때는 어떤지 보면 알겠구려. 항경이 일어나고 있소."

육양 상인의 말에 강호명숙들의 시선이 일제히 비무대 위로 향했다.

항경은 속에서 천불이 치솟고 있었다.

한눈을 팔고 있던 녀석이 무슨 수로 자신의 얼굴을 때렸는
지 알 수가 없었다.

"크크크, 제법이다. 내가 방심했어."

얼굴에서 손을 떼며 진중하게 기운을 일으켰다.

"방심하지 않았어도 마찬가지였을 거요."

"건방진 놈, 우연찮게 공격 한 번 성공했다고 간이 부었구
나."

"우연이라……."

조금 전에 적우강이 사용한 초식은 잠둔에 이은 발현이었
다. 그 초식만으로도 얼굴을 내준 사람이 방심 운운하고 있
다. 제대로 한번 보여줄 필요가 있는 모양이다.

척!

자하검을 항경을 향해 들어 올렸다.

제일식 발현과 제이식 잠둔이 펼쳐졌다면 남은 초식은 한
가지였다.

미리반천.

"적 사제가 미리반천을 사용할 모양이네."

가대건은 평소대로 중얼거렸다.

"가대건, 말조심해. 이젠 장문대행이셔."

"적 사제가 그렇게 불러도 된다고 했어."

"안 돼."

"이 년 만에 만나서 또 시비냐?"

"시비는 네 전문이지 내 전문이 아니야."

"웃기시네."

"가대건! 장문대행은 우리가 인정하지 않으면 아무도 인정하지 않아. 앞으로는 반드시 장문대행이라고 해. 서 장문대행께서 다른 장로들한테 당한 걸 기억한다면 그래야 해."

"……!"

가대건은 갑자기 서벽풍의 얘기가 나오자 할 말을 잃고 말았다. 주정민의 말을 십분 공감해 버린 탓이다.

당백지가 건네준 해독약을 먹고 난 주정민의 얼굴빛은 좋아졌다.

"진심이다."

"쳇. 거기서 왜 전대 장문대행님의 얘기가 나오냐, 눈물 나게?"

가대건은 퉁명스럽게 말한 후 입을 닫았다. 장문대행이라고 부르려고 해도 적우강이 그러지 말라며 만류해서 사제로 불렀을 뿐이다.

"나도 지하 밀실을 나올 때부터 장문대행이라고 불렀다고. 장문대행이 그렇겐 부르지 말라고 해서 그런 거지. 알았어! 장문대행이라고 부르면 될 거 아니야! 아무튼 장문대행님이 지금부터 펼치는 걸 잘 봐. 이 년 동안 지하 밀실에서 쌓은 실력이다."

"……."

주정민은 적우강의 실력을 이미 확인한 후였다.

놀라지 않을 자신이 있었으나 비무대를 보고는 입을 쩍 벌리고 말았다.

퍽!

항경은 결단코 최선을 다했다.

적우강에게서 눈을 떼지 않았고, 언제든 방어할 준비도 했으며, 반격까지 염두에 두고 자세까지 낮추었다.

그러나 적우강이 움직였다고 느낀 순간 복부에 강력한 충격이 전신으로 퍼진 건 순식간이었다.

항경은 날아가고 있는 자신의 배를 쳐다봤다.

배에는 우물 정(井) 자 모양이 새겨져 있었다.

이런 모양을 새기기 위해서는 적어도 한 번에 네 가지 움직임이 있어야 가능했다.

'언제…….'

움직임을 보지 못했으니 어떻게 검을 썼는지 기억날 리 없었다. 한 가지 위안을 삼을 수 있는 것은 그나마 적우강의 표정이 썩 밝지 못하다는 것이다.

"허!"

곤오불이 비무의 결과를 지켜보다 깜짝 놀라 자리에서 벌떡 일어섰다.

항경이 비무대 끝까지 날아가서가 아니었다.

배에 난 자국 때문도 아니었다.

적우강이 항경을 상대하며 움직인 거리 때문이었다.

한 발자국.

항경을 날려 버리며 움직인 동작이 겨우 일 보인 것이다.

척!

혁련궁은 거대한 몸집의 항경을 한 손으로 가볍게 받아 들며 놀랍다는 듯이 적우강을 쳐다봤다.

"하루 사이에 이토록 달라질 수도 있는 건가?"

"크게 휘두르면 팔이 빠진다고 해서 조심했지요. 이젠 괜찮다고 하더군요. 그럼 크게 휘둘러야지요."

자신감이 가득했다.

"누가 그런 말을 해줬는지 궁금하군."

"있습니다, 그런 사람이."

"너무 자신감 넘치는 것 아닌가?"

"이 검 때문이겠죠."

"자하검?"

"건네준 사람의 마음이 담겨 있어서 그런지 들고 있기만 해도 힘이 나네요."

"그렇다면 다행이고. 아! 왜 마지막 순간에 인상을 쓰고 있었나?"

"생각보다 힘이 많이 들어가서요."

"힘 조절까지 했다는 건가? 그럼 조금 전에 펼친 것이 전력이 아니었다?"

혁련궁의 말은 거의 혼잣말이었다.

분명히 적우강은 어제와 완전히 달라져 있었다.

혁련궁은 비무대를 내려가는 적우강의 뒷모습을 묘한 눈으로 바라봤다.

*　　　*　　　*

"당 대협, 계십니까?"

섭일명과 곤오불이 당가의 숙소로 찾아왔다.

두 사람의 뒤를 경묵기와 문오언이 따랐다.

"당백룡이 섭 대협과 곤 대협을 뵙습니다."

방 안에서 나오던 당백룡이 급히 포권을 취했다.

"당 공자도 함께 있었군. 그래, 숙부께선 어떠신가?"

"……."

"당 공자?"

"많이 불편하십니다."

"얼마나 불편하시기에 자네가 그리 말하는 건가?"

섭일명의 말에 당백룡은 방 안을 돌아보고는 곤란한 표정을 지었다.

"백룡아, 모시거라."

안에서 당가환의 병색 짙은 목소리가 흘러나왔다.

섭일명과 곤오불은 당가환의 모습을 보고 깜짝 놀랐다. 양
손을 붕대로 감싼 당가환의 모습이 마치 누군가에게 암습이
라도 당한 사람처럼 보인 까닭이다.

"이게 무슨 일입니까?"

"그렇게 됐습니다."

곤오불은 당가환의 모습에 말을 잇지 못했다.

"당 공자, 어찌 된 일인가?"

경묵기는 곤오불이 들어가는 걸 확인하고 조용히 당백룡
에게 다가와 물었다.

"말씀드리지 못함이 죄송할 따름입니다."

당백룡은 완강했다.

'누가 있어 당 대협을 저 모양으로 만들 수 있는 거지? 최
근에 당가를 출입한 자가 누구인지 확인해 봐야겠다.'

경묵기의 속마음을 읽었는지 옆에 있던 문오언이 조용히
일이 있다며 먼저 빠졌다.

두 시진 뒤, 경묵기와 문오언이 다시 만났다.

"알아봤소?"

"……."

"문 대협."

"그자가 다녀간 다음날 당 대협이 참관에 빠졌습니다."

"그자라니요?"

"적우강."

"설마?"

"나도 믿기지 않아 다시 한 번 물었으나 마찬가지였습니다. 어제까지 적우강이 두 번 다녀갔다고 합니다."

문오언의 말에 경묵기는 눈동자를 계속해서 굴렸다.

어디까지 믿어야 할지 확신이 서질 않는 까닭이다.

적우강의 실력이 놀랍기는 해도 당가환과 같은 고수를 상대할 정도는 아니었다.

"혁련 총순찰께 알려야 하지 않겠소?"

문오언이 물었다.

"정황만 가지고 총순찰께 보고할 순 없소."

"하면 어쩌자는 말이오?"

"당백룡에게 확실히 물어봐야겠소."

경묵기는 뒤도 안 돌아보고 움직였다.

"당 공자, 다 알아보고 왔소. 도대체 수라검귀와 당 대협 사이에 무슨 일이 있었던 건가?"

경묵기는 당백룡을 보자마자 단도직입적으로 물었다.

"수라검귀라니요?"

"적우강이란 청년을 모르는가? 그 청년의 별호가 수라검귀인 것을 모르는 군웅은 없네."

"수라검귀……. 그자에게 잘 어울리는 별호군요."

"왜 그리 쓸쓸한 웃음을 짓는가?"

경묵기의 눈은 당백룡의 행동 하나도 놓치지 않겠다는 듯 빠르게 움직였다.

그러나 당백룡에게도 입장이란 것이 있었다.

곧이곧대로 다 말해줄 수 없기에 답답하기만 했다.

추려야 했다. 당가에서 사람들이 도착하기 전까지는 무슨 수가 있어도 알려져서는 안 되는 일이었다.

"수라검귀가 다녀가긴 했습니다. 숙부님께 주정민이란 자를 내놓으라고 하더군요."

"주정민?"

"점창파가 멸문될 때 도망친 수라검귀의 사형입니다. 한데 그가 당가에서 자신을 붙잡고 있었다고 한 겁니다. 그토록 잘 대해주었건만."

당백룡의 표정은 진지했으나 경묵기의 눈을 가리기엔 부족했다. 그런 일이었다면 당가환처럼 명분을 좋아하는 사람이 조용히 넘어갈 리가 없기 때문이다.

좀 더 들어야 정확한 사연을 알 수 있을 것 같았다.

관심있게 듣는 경묵기의 표정에서 자신감을 얻었는지 당백룡의 말이 빨라졌다.

"사실 주정민이란 자는 백지가 구해준 자입니다. 먹여주고 재워줬는데 그 은혜도 모르고 수라검귀가 나타나자 장문대행이라고 부르며 곧장 가버린 것입니다. 숙부님께선 그 순간에도 화를 참으셨습니다. 오히려 그들을 설득하려고 하셨죠. 그건 예의가 아니잖습니까? 하나, 두 사람은 숙부의 행동을 공격하는 줄 알았나 봅니다. 검을 사용하더군요."

'웃기고 있군.'

당가환의 무공이 어느 정도인지 알고 있는 경묵기로서는 코웃음 칠 수밖에 없는 말이었다. 하지만 겉으로는 눈을 부릅뜨며 놀란 시늉을 했다.

결론을 내릴 수 있었다.

'당가에서 식솔이 아닌 자에게 독으로 금제를 내린다는 걸 모르는 사람이 있나? 아마도 수라검귀가 그걸 알아낸 모양이군. 하나 그걸 알았다고 해도 수라검귀가 당 대협을 저 모양으로 만들었다는 건……'

경묵기가 본 적우강의 실력은 비무대에서 본 것이 전부였다. 이 이상 당백룡에게 뭔가를 알아내는 것은 무리였다.

"알았네. 그런 일이 있을 줄이야. 사숙께 말씀드려 수라검귀에 대해 조처를 취할 수 있도록 하겠네. 원, 세상에……"

"경 대협, 당가의 일을 말씀드린 건……"

"걱정하지 말게. 구대문파의 일이 외부로 퍼지는 일은 없을 테니."

경묵기는 그 말을 끝으로 자리를 떠났다.

당백룡의 말과 무관하게 경묵기는 자신의 의도대로 강호 명숙들에게 보고를 할 테고 조치가 취해질 것이다.

"숙부님의 말씀이 맞구나."

당백룡은 방 안의 당가환이 지시한 그대로 경묵기에게 말했을 뿐이었다. 구대문파에 속해 있다는 것은 이래서 좋은 모양이다.

*   *   *

주정민은 숙소 앞에 앉은 채 적우강이 건넨 책자를 보고 있었다.

연기보, 연기중, 연기정. 이 세 단계를 어떤 형태로 조합하느냐에 따라 현천일검의 위력이 좌우된다.

주정민의 눈에 가장 먼저 들어온 내용이었다.

수련할 때 서벽풍으로부터 들었던 말이 분명한데 새삼 가슴에 와 닿았다. 혼자서는 생각지도 못했던 세 단계의 조합에 대해서였다. 이것을 조금이라도 빨리 알았다면 지금보다 빠른 성취를 이뤘을지도.

적우강은 주정민이 지금 무슨 생각을 하고 있는지 알 것 같았다. 가대건과 함께 지하 밀실에서 수련할 때 같은 행동을 했기 때문이다.

'화산에 온 후 몸이 바뀌고 있다.'

항경을 상대하며 완전히 깨달았다.

변화는 당가환으로부터 시작됐다.

당가환의 엄청난 힘에 대항하기 위해 적우강의 몸은 강제로 혈맥을 넓혔다. 그 때문에 숨겨졌던 마기가 다시 눈을 뜨게 된 것이다.

물론 적우강은 몸속에 잠자고 있던 마기가 강제로 혈맥을 열어버렸다는 것을 짐작조차 못하고 있었다.

한동안 책자에서 눈을 떼지 못하던 주정민이 고개를 들었다.

"진즉에 알았으면 좋았을 것을."

주정민 특유의 비틀린 억양이 처음으로 나왔다.

너무도 듣고 싶었던 말투였다.

"그렇네요……."

주정민이 누구를 떠올리는지 그 한마디로 알 수 있었다. 적우강과 가대건 역시 마찬가지였다.

서벽풍이 그리웠다.

"주정민, 그동안 당가에만 있었던 거냐? 내일부터 장문대행께서 상대할 자들에 대해 뭐 좀 아는 것 없어?"

가대건이 화제를 돌리기 위해 입을 열었다.

"있지. 장문대행님, 구대문파와 오대세가의 출전자들을 가볍게 보면 안 됩니다. 당백룡 역시 조심해야 합니다. 어제 그를 보면서 다시 한 번 놀라게 됐습니다."

"엥? 그자는 겁나서 덤비지도 못했는데?"

"덤비지 못한 것이 아니라 덤비지 않은 거야."

"무슨 말이 그러냐?"

"장문대행의 정확한 실력을 알기 전까지는 나서지도 않을 걸. 비무대회가 아니면 더더욱 그럴 테고."

"그게 뭐야?"

"그들이 직접 나서지 않아도 된다는 소리야. 지금까지 당가의 싸움에서 당백룡이 나선 적은 거의 손가락에 꼽을 정도야. 일을 만드는 사람과 일을 처리하는 사람이 따로 존재한다는 뜻이지."

주정민의 말에 가대건이 인상을 썼다.

싸움을 직접 하지 않는 자들을 조심하라는 말이 언뜻 이해가 가지 않은 까닭이다.

"이 년 동안 당백룡 덕분에 많은 것을 보고 배웠습니다. 현재 정도의 후기지수들이 가장 잘 따르는 자는 혁련궁 무림맹 총순찰입니다. 십 년 내에 그를 이길 자는 없을 거란 말이 공공연하게 돌 정도로 강자죠."

"대단하군요."

"일설로는 그의 내공이 구대문파의 장문인과도 비견될 정도로 높다고 하더군요. 믿을 수 없는 얘기이긴 하지만."

"주 사형, 곧 그들과 비무대에서 만나야 하는데 너무 겁주는 거 아니에요? 하하하!"

적우강은 주정민의 걱정을 한 방에 날려 보내겠다는 듯이 활짝 웃었다. 하지만 주정민의 얼굴에 묻어 있는 그늘은 쉽게 지워지지 않았다.

'지난 이 년 동안 한 번 무너진 문파가 다시 일어나는 경우를 본 적이 없다. 있다고 해도 그들은 문파 자체가 사라지진 않았다. 과연 우리 점창파는 다시 재건될 수 있을까?'

이 년 동안 주정민이 본 것은 여러 가지였다.

그중에는 문파를 재건하려다 오히려 더 큰 화를 당한 문파들도 많았다.

적우강과 함께 화산파를 떠나 사천성으로 간다고 해도 당장 점창파를 재건할 돈이 필요하고, 도와줄 사람들이 필요하며, 구성원을 데려올 정보가 필요했다.

"가대건! 이리 나와서 검이나 섞자!"

주정민은 더 이상 생각을 이어가다가는 말도 안 되는 상상까지 할까 봐 자리를 박차고 일어섰다.

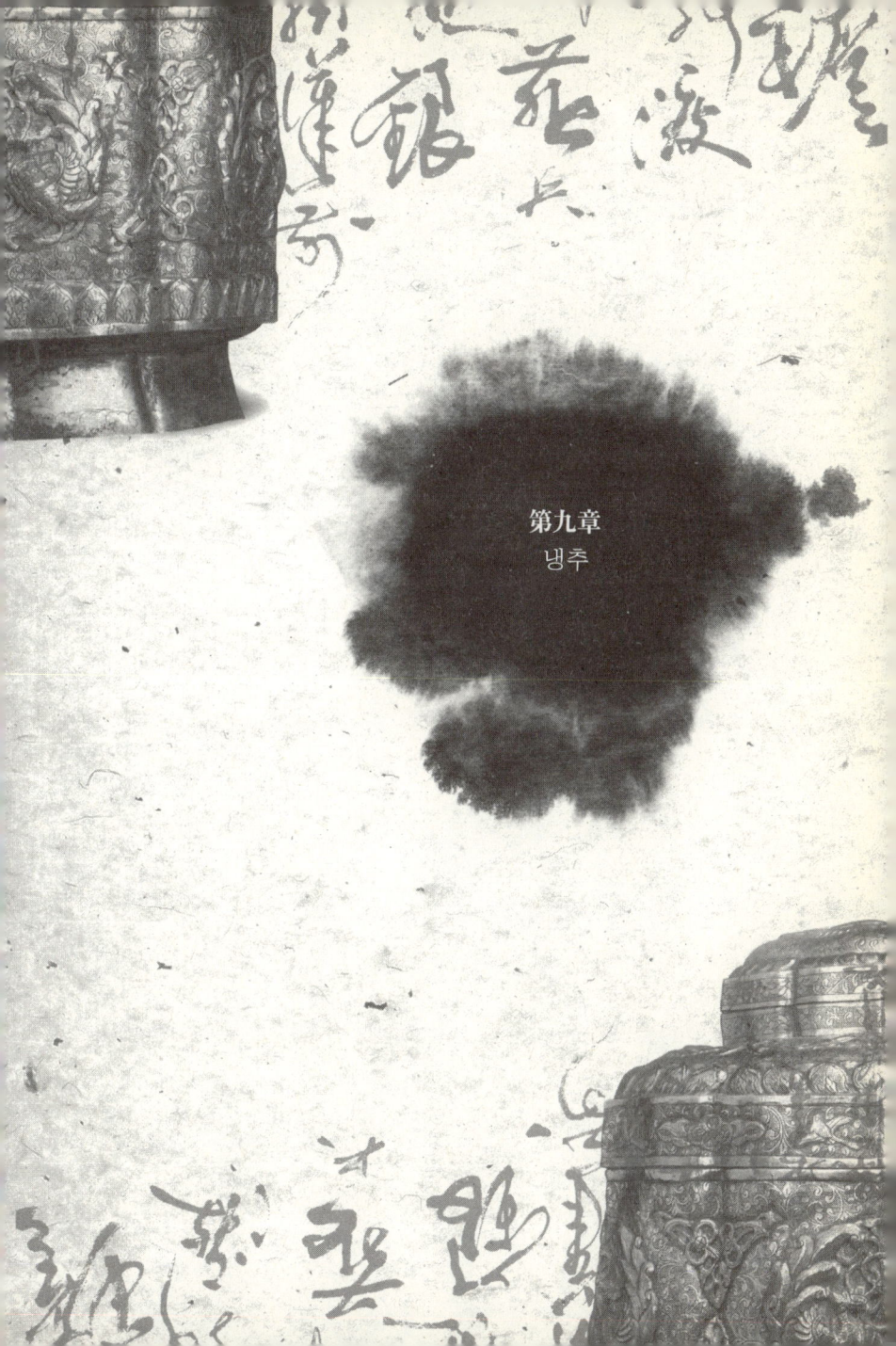

第九章
냉추

"야! 눈만 나오는 두건 써!"

화군악은 마차에 타려다 구자귀를 보며 짜증을 냈다.

걸어도 금방 도착할 비무대까지 굳이 마차를 끌고 가려는 것이다.

구자귀는 마부석에 앉아서 어쩔 줄 몰라 했다.

"내 말 안 들려?"

"지, 지금……"

"당장!"

"알겠습니다."

구자귀는 허겁지겁 마차에서 내려와 마구간으로 달려가려

했다.

"됐어. 이리 와."

"금방이면 됩니다."

"오라고!"

"예."

구자귀는 겁먹은 눈으로 화군악의 앞으로 다가갔다.

"그냥 가자. 비무대 근처에서 내리지 뭐. 그 얼굴에 두건을 씌운다고 뭐가 달라지겠냐."

화군악은 짜증스럽게 말하고는 마차 문을 닫았다.

조금만 늦어도 또다시 소리를 지를 테니 빨리 움직이는 것이 좋았다.

"출발하겠습니다. 끼럇!"

마차가 천천히 출발했다.

그래도 오늘은 비는 오지 않았다.

이런 날 비까지 오면 처량하기 이를 데 없을 텐데.

＊　　　＊　　　＊

대회 오 일째, 드디어 본선 대전표가 나왔다.

적우강의 첫 번째 상대는 하북팽가의 팽호천이었다.

"첫 상대가 좋질 않네요."

주정민의 목소리가 무거웠다.

"대단한 사람인가 봐요?"

"팽호천은 근골만으로는 후기지수 중 세 손가락 안에 꼽히는 기재입니다. 팽가의 실전 무예를 추구하는 자로, 익힌 무공은 파갑추(破甲錘)란 권법과 철혈사십팔퇴(鐵血四十八腿)란 퇴법입니다."

"흠, 혹시 팔박투란 무공에 대해 아세요, 주 사형?"

"알죠. 당가환 대협이 익히고 있는……. 혹시 장문대행과 싸울 때 그걸 사용했나요?"

"예."

"세상에, 팔박투까지 사용하고 그리됐다니. 하하하! 하나, 파갑추와 철혈사십팔퇴 역시 팔박투 못지않습니다. 대성했다는 가정까지 하면 오히려 뛰어나다는 소리를 들었습니다. 더구나 사자도까지 사용할지도 모릅니다."

"사자도는 또 뭐죠?"

"팽호천에 대해 말할 때 우연히 들었습니다. 팽호천이 권법과 퇴법을 사용하지만 정말 조심해야 할 것은 사자도일지도 모른다고."

주정민은 처음엔 걱정스럽게 말문을 열더니 적우강이 당가환의 팔박투까지 경험했다고 하자 주저없이 말을 꺼냈다.

"뭐가 그리 신이 나지, 수라검귀?"

"……?"

갑자기 끼어든 목소리에 적우강의 고개가 돌아갔다.

나이는 이십대 후반에 머리를 가지런히 묶고, 눈은 뜬 건지 감은 건지 구분이 안 갈 정도로 움푹 파였으며, 특이하게도 양손이 무릎까지 내려오는 자였다.

"마하광권 냉추!"

주정민이 고개를 갸웃거리다 생김새가 일치하는 별호를 대며 깜짝 놀라 소리쳤다.

"흐흐흐. 맞다. 내가 마하광권 냉추다. 이번 대회에 수라검귀 너와 함께 본선에 올라간 사람이지. 다들 너만 주시해서 화가 난 사람이기도 하지."

'다들?'

적우강의 귀에 냉추의 묘한 여운을 남기는 말이 박혀들었다.

"관심을 받고 싶다는 거군. 큭."

주정민 특유의 비틀린 말투가 나왔다.

그때, 냉추의 눈이 번뜩인다 싶은 순간 희끗한 그림자가 주정민을 향했다.

쉭.

주정민의 눈이 그것을 확인했을 때는 이미 늦었다.

그러나 적우강이 가만히 두고 볼 리 없었다.

"어딜."

쾅!

폭음과 함께 적우강이 자하검을 들고서 주정민의 앞에 서 있었다.

"좋군. 그 정도면 괜찮겠어. 흐흐흐."

냉추는 왜 찾아왔는지 말해주지도 않고 돌아섰다.

"그냥 가는 건가?"

적우강이 멈춰 세웠다.

"아니면?"

"받은 건 돌려줘야 하는 성미라서."

"그럼 해보든가."

"돌아서. 그대로 죽기 싫으면."

냉추가 코웃음 치며 돌아섰다.

쉭!

적우강은 잠둔으로 냉추가 돌아서는 방향 뒤쪽에 나타나 발현으로 어깨를 겨냥했다.

턱!

어느새 돌아선 냉추가 자하검을 잡았다. 아니, 잡고서 돌아서려 했다.

빡!

"큭."

냉추가 턱에 손을 댄 채 신음을 터뜨렸다.

"별것 아니네. 가죠, 주 사형."

적우강은 냉추를 향해 비웃음을 날려주고는 주정민과 함께 돌아섰다.

적우강과 주정민이 대전표를 확인하러 간 동안 가대건은
깜짝 놀랄 사람의 방문을 받았다.

길게 늘어뜨린 흑발을 옆으로 내린 여인이었다.

"뉘신지……."

"홍 분타주께서 보내셨어요."

"홍 분타주가요? 지금 어디 계신데요?"

가대건은 주위를 조심스럽게 돌아보며 급하게 되물었다.

"호호호, 당연히 밖에 계시죠."

"예? 그럼……."

"중요한 일이라고 최대한 빨리 가 소협께 전해 드리라고
하셨어요."

"아! 제, 제게요?"

가대건은 홍예랑이 자신을 찾았다는 말에 얼굴 가득히 행
복한 표정을 지었다.

"두 분 모두 조심하시래요."

"예?"

여인은 주위를 두리번거리다 앵두 같은 입술을 가대건의
귀에 대고 조용히 입을 열었다.

"특히 수라검귀 적 소협은 구대문파와 오대세가에서 노리
고 있대요."

'홍 분타주와는 다른 냄새군. 아, 좋다.'

가대건은 여인의 몸에서 나는 향을 쫓아 코를 벌름거리며 멀어지는 목소리를 향해 상체를 이동했다.

"가 소협?"

"예? 아, 예. 예?"

"호호호! 넘어지시겠어요. 재미있는 분이라고 하시더니 정말이네요. 저는 설아예요. 나중에 전할 말이 있으면 다시 찾아올게요. 그럼."

설아는 입가를 가린 채로 가대건의 시야에서 멀어졌다. 가대건의 눈은 완전히 풀려 있었다.

딱!

"아야!"

"침 닦아."

어느새 마당까지 들어온 주정민이 못마땅한 눈으로 마루에 앉았다.

"너, 너!"

"귀신에 홀린 사람처럼 맛 간 눈 하고는."

주정민의 냉소에 가대건은 달려들려다 정신이 번쩍 드는 듯 눈을 동그랗게 떴다.

"아! 장문대행님, 조심하세요."

가대건은 설아에게 들은 말을 그대로 전했다.

앞뒤 다 잘린 말이 툭 뱉어졌다.

적우강과 주정민의 표정이 묘하게 변하자 가대건이 급히

말을 바꾸었다.

"수라검귀가 너무 유명해져서 구대문파와 오대세가가 장문대행님을 눈여겨보고 있다네요."

가대건은 설아의 말을 그대로 전했다.

"누가 그런 말을 했는데요?"

"아… 그게 중요하죠. 하하하!"

가대건은 홍예랑을 떠올리자 자신도 모르게 헛웃음이 터지고 말았다.

"가대건, 괜찮냐?"

주정민이 이상한 눈으로 쳐다봤다.

"그, 그럼. 하하하!"

"그래, 괜찮아 보인다."

"나, 진짜 괜찮아."

"그래. 그래 보여. 장문대행님, 들어가시죠."

주정민은 가대건에게 신뢰와는 무관한 눈빛을 보내고는 적우강과 함께 방으로 들어가려 했다.

"장문대행님, 홍 분타주가 급하게 전한 말입니다."

"예? 홍 분타주가요?"

적우강은 그제야 이채를 발했다.

"홍 분타주? 가대건, 누구야?"

"있어."

"장문대행님, 아는 사람이에요?"

"예. 하오문의 분타주예요. 그분이 한 말이면 천잔수 대협이 전하라고 했을 텐데……."

적우강의 혼잣말에 주정민이 뜨악한 표정을 지었다.

"하오문이요?"

"예."

"그들과는 어쩌다……."

"좋은 분들이세요. 혹시라도 이상한 말을 하려는 거면 그만두세요."

적우강이 처음으로 주정민의 말을 끊었다.

주정민은 걱정스러운 눈으로 적우강을 쳐다봤으나 가대건까지 귀를 막는 시늉을 하자 그만두었다.

*   *   *

턱을 문지르는 냉추의 표정이 기괴하게 일그러져 있었다. 대막의 영광을 위해서 파견된 그에게 적우강의 일검은 크나큰 수치였다.

"흑풍단의 명예를 감히… 감히!"

냉추의 표정이 삭막해졌다.

적우강을 찾아간 데에는 이유가 있었다.

한 사람이 찾아왔다. 수라검귀 적우강만 처리해 주면 원하는 것을 얻게 해주겠다며, '그분'은 흑풍단을 도와줄 수 있는 충분한 힘을 가진 분이라고 했다.

냉추는 코웃음 치며 거절했다.

그러자 그가 한 장의 서찰을 건넸다.

거기에는 흑풍단이 강호에 들어와 조심해야 할 세력과 그
들을 피해서 안전하게 자리 잡을 위치까지 상세하게 적혀 있
었다.

냉추 역시 알고 있었다.

대막의 마른바람을 맞고 자라며 오직 한 가지 뜻을 세우고
자란 그였다. 보여준 지도가 아니라 그것을 훤히 꿰뚫고 있는
힘에 흔들렸다.

그 결과가 적우강을 찾아온 것이다.

"오늘 안에 해결한다. 내가 부서지든 놈이 부서지든."

그것이 대막용사 흑풍단의 해결 방법이었다.

*   *   *

구대문파와 오대세가의 후계자들이 한곳에 모였다.

군웅대회가 열릴 때마다 의례적으로 마련되는 자리이지만
이런 자리야말로 필요했다. 서로를 알게 해주기 때문이다.

"화군악이오."

화군악이 일어서자 평소 알고 지내던 몇몇이 호응을 해주
었다.

"이번 군웅대회의 개최 이유는 다들 알 거라 믿습니다. 마중천은 지금 세를 확장하기 위해 난리입니다. 후계자로 지목된 네 명의 대공들이 저마다 자신의 입지를 다지기 위해 정도의 문파를 짓밟고 있습니다. 화산파에서는 그것을 더 이상 방관하지 않을 생각입니다."

화군악의 말에 자리한 모든 사람들의 시선이 반짝였다.

"그러기 위해서는 구대문파와 오대세가의 후계자끼리 벌이는 비무에 고춧가루가 끼어선 곤란합니다."

"그런 것은 대전표가 정해지기 전에 했어야 하는 것 아닌가요, 화 공자?"

공동파의 후계자 기영인이 심드렁하게 물었다.

"일단은 수라검귀와 함께 올라온 냉추가 찾아갈 모양이니 우리는 모른 척만 하면 됩니다. 이 자리에 있는 분들 중에 한 분이라도 원치 않으면 그만두겠습니다."

화군악은 자신만만한 표정으로 방 안을 둘러보았다.

아무도 손을 드는 사람은 없었다.

"수라검귀라는 자의 인기가 굉장하던데 그자가 나오지 않으면 곤란하지 않나요?"

역시나 기영인이었다.

"수가검귀든 냉추든 오늘 중으로 싸웁니다. 그렇게 조치를 취해놨으니 누구든 쉽게 이길 수 있을 겁니다."

그럴 필요 없다고 할 수 없게 만드는 말이었다.

걸리면 모든 책임을 쓰겠다고 하는데 굳이 말릴 이유가 없는 것이다.

화군악은 자신의 뜻대로 조종되는 사람들을 보며 눈을 빛냈다. 하지만 그런 화군악을 보는 몇몇의 눈에는 비웃음이 담겨 있었다. 이미 예상하고 있었다는 듯.

더구나 이 자리에는 혁련세가의 대표는 빠져 있었다.

혁련궁이 이 자리에 끼는 순간 나머지는 들러리가 된다는 것을 알기에 알면서도 다들 모른 척하고 있었다.

*   *   *

냉추는 자신에게 날아오는 사각형 그물을 향해 만벽풍이란 초식을 펼쳐 날려 버리려 했다.

첫 주먹에 맞은 곳을 연속으로 만 개가 폭풍처럼 이어진다고 해서 붙여진 초식이었다. 실제로는 몇십 개의 주먹에 불과하지만 초식이 펼쳐지는 짧은 시간에는 충분히 만 개로 여길 수도 있을 것 같은 빠르기였다.

콰콰콰!

거친 폭음이 연속해서 터졌다.

그러나 폭음이 가라앉기도 전에 상황은 드러났다.

적우강이 자하검을 비스듬히 든 채로 냉추를 노려보고 있었다.

"……."

"……."

두 사람은 서로를 마주 봤다.

냉추의 만벽풍이 강하기는 했지만 적우강의 미리반천 또한 강했다.

"끝났나?"

"흐흐, 이제 시작이지."

"그런가? 볼 건 다 본 것 같은데 아직도 남은 모양이군. 이왕 받아보기로 한 것, 끝까지 선공을 양보하지."

적우강은 자하검을 이리저리 휘둘러 보고는 다시 자세를 잡았다.

"지, 지금… 일부러 수비만 했다는 거냐?"

"그렇지 않았으면 당신이 아직도 서 있을 리 없지."

광오한 말이었다.

그러나 세 번의 공격을 성공하고도 불안한 냉추로서는 소름이 돋고 말았다.

"좋다. 흑풍단 최고의 무공을 보여주마."

냉추는 적우강를 똑바로 쳐다보며 내공을 끌어 모았다. 방금 전에 펼친 만벽풍만으로도 몸속이 난리가 난 상태였으나 여기서 그만두는 것은 자존심이 허락하질 않았다.

붕—

몸을 띄워 목표를 정했다.

적우강의 얼굴과 손이 눈에 들어왔다.

주먹은 얼굴, 발은 손을 향해 동시에 뻗었다.

주먹만 날릴 때도 위력적이던 공격이 발까지 더해지자 폭풍이 따로 없었다.

쿠콰콰콰콰!

"……!"

적우강은 조금 전과 다른 위력에 자세를 바꾸며 잠둔과 발현만으로 냉추의 주먹과 발을 막았다.

그때, 손목을 감싸던 느낌이 갑자기 사라졌다.

'윽! 또……'

급히 자하검을 내리고 미리반천을 날렸다.

콰쾅!

냉추는 물러섰다 싶은 순간 다시 공격을 가해왔다.

자하검을 든 이후 벌써 두 번째 경험이었다.

항경을 상대할 때 불현듯 이런 느낌이 들어 이상하다고 여겼는데 하루도 지나지 않아 또다시 같은 느낌이 든 것이다.

자하검을 쥔 손의 이질감.

싸우는 와중에 자하검이 손아귀에서 벗어나려는 느낌이었다.

짜증이 났다.

훙—

냉추의 공격이 이어지는 것을 무시하고 그대로 자하검을

휘둘렀다.

쾅!

냉추는 전력을 다한 공격을 한 방에 눌러 버릴 정도로 강한 적우강의 힘에 의해 뒤로 튕겨졌다.

막은 것이 아니라 튕겨 버린 것이다.

첫 대면에서 적우강의 공격을 허용한 것이 실수인 줄 알았는데 그것이 아닌 모양이다.

주먹 한 방이나 발차기 한 번으로는 어쩔 수 없는 힘을 그 상태로 내뻗은 것이다.

기가 막히지만 냉추로서는 상대할 수 있는 고수가 아니었다. 자신보다 훨씬 젊은 녀석이 무슨 수로 저런 힘을 얻었는지 기가 막힐 지경이었다.

저절로 욕설이 터지고 말았다.

"쿨럭! 제길……."

냉추는 땅에 떨어져 몇 번이고 뒹굴다가 상체를 일으켜 적우강을 쳐다봤다.

"내가 져……."

졌다는 말을 하려고 했다.

"상대를 죽이려고 했으면서 너는 고작 졌다는 말로 살아나려는 거냐?"

"……!"

냉추는 적우강의 눈을 보고 있었다.

붉은 기운이 감도는 눈.

마기가 분명했다.

"너, 너……."

말을 끝까지 할 수 없었다.

퍽!

적우강의 발이 그대로 냉추의 얼굴을 걷어차 버렸기 때문이다.

"컥!"

"기회를 줬는데도 무시하고 달려든 네 녀석의 책임이……."

적우강이 말을 멈췄다.

냉추의 눈이 바닥으로 향했다.

적우강의 손에서 떨어진 자하검이 땅에 박혔다.

금방이라도 죽일 것처럼 행동하던 적우강이 모든 행동을 멈추고 자하검을 노려봤다.

"어림없다!"

갑작스런 적우강의 외침에 냉추가 의아한 눈으로 쳐다봤다. 말투가 묘했다. 자하검과 대화를 나누는 것처럼 보인 까닭이다.

자하검을 쥔 적우강의 팔뚝에 힘줄이 솟았다.

한동안 그 상태로 적우강은 멈춰 있었다.

"후우! 내가 왜 이러지?"

적우강이 이번엔 고개를 가로저으며 탄식을 했다.

'뭐 하는 거지?'

냉추는 적우강이 자하검과 씨름을 하는 동안 자리에서 일어나 있었다.

언제든 죽일 수 있는 자의 여유인 것이다.

풀썩 웃음이 흘러나왔다.

"준비됐다."

냉추가 입가에 피를 흘린 채로 입을 열었다.

"뭐가 말이오?"

"그만 놀리고… 죽여라."

냉추의 표정은 단호했다.

적우강은 픽 웃고 말았다.

"……?"

"아까는 잠시 흥분했었소. 비무대에서 봅시다."

적우강이 거짓말처럼 돌아섰다.

"도, 도대체 너의 정체가 뭐냐?"

"점창파 장문대행 적우강."

적우강은 뒤도 안 돌아보고 대답했다.

냉추의 얼굴이 일그러졌다.

어느 것이 과연 진짜 모습이란 말인가?

그러나 한 가지는 분명했다.

냉추의 전력을 다한 공격을 한 방에 날려 버린 자라는 것,

그것이면 충분했다.

냉추는 멀어지는 적우강을 눈여겨본 후 자리에서 일어나 자신의 숙소로 돌아갔다. 마음속으로 한 가지를 결심하고서.

'나, 냉추를 이런 식으로 다루는 사람이 있을 줄이야. 쿡 쿡. 한동안 편하긴 그른 것 같군.'

적우강의 본선 진출 첫 시합.

"와아아아아!"

군웅들의 함성이 비무장을 떠나갈 듯이 크게 울렸다.

한 번 시작된 함성은 쉽게 그쳐지지 않았다.

방금 전 첫 시합이 끝난 후라 더욱 함성은 거세게 몰아치고 있었다.

"수라검귀, 이번에도 멋지게 끝내 버려!"

군웅들은 방금 전 시합의 승리자인 남궁장청에게 보낸 환호보다 훨씬 큰 환호를 보냈다.

당사자인 남궁장청은 비무대 위에 있다가 사람들의 호응으로 인해 슬며시 자리에서 일어나 자신의 숙소로 돌아가며 적우강을 노려보는 것을 잊지 않았다.

군웅들의 반응도 반응이지만 화군악이 했던 말 때문이다. 저 수라검귀란 자와 냉추를 붙여서 서로를 물어뜯게 만든다고 하더니 멀쩡하게 내보낸 것이다.

"와아아아아!"

여전히 함성은 계속됐다.

군웅들의 반응은 단순히 환호 수준이 아니었다.

열광이었다.

이런 반응을 짜증스럽게 지켜보는 눈이 또 있었다.

적우강과 냉추를 싸우게 만든 화군악이었다.

비무대로 올라가려다 적우강이 멀쩡한 것을 보고 마차 안에 그대로 남아 눌러앉았다.

"어떻게 멀쩡할 수 있지? 혹시 냉추가 싸우지 않은 건가? 알아봐야겠다."

화군악이 이를 갈고 있는 마차 위.

구자귀는 비무대에 눈을 고정시킨 채 말고삐까지 놓고 있었다. 아니, 놓치고 있었다.

비무대 위에 군웅들의 함성을 받으며 서 있는 청년을 본 까닭이다.

지금까지 봐온 수많은 귀공자들과 견줘도 전혀 손색이 없는 청년이 비무대 위에서 포권을 취하고 있었다.

"적··· 사제······."

뚝뚝.

구자귀의 헤진 바지 위로 물방울이 떨어졌다.

산발된 머리카락 안에서 볼을 타고 흘러내린 눈물이었다.

구자귀는 자리에서 벌떡 일어나 당장이라도 달려가려 했으나 다시 마부석에 앉고 말았다.

지금 구자귀가 할 수 있는 것은 조용히 적우강이 우승하도록 응원하는 것밖에 없었다.

팽호천은 시작과 동시에 몸을 움직였다.

쾌액—

빠르게 공기를 가르는 소리와 함께 움직인 팽호천의 주먹은 눈 깜짝할 사이에 적우강의 옆구리를 가격했다.

빡!

적우강은 자하검으로 팽호천의 주먹을 막자마자 눈을 찔러가며 잠둔을 펼치기 위한 조건을 만들었다.

파갑추의 목표가 사라지자 팽호천은 잠시 당황했으나 이내 평정을 회복하고는 걸리기만 하라는 듯 철혈사십팔퇴를 사방에 뿌렸다.

쿠콰콰콰콰!

비무대 바닥에 쉴 새 없이 폭음이 터졌다.

뒤쪽에서 인기척이 느껴졌다.

팽호천은 재빨리 몸을 회전시키며 파갑추로 뒤쪽을 때렸다.

턱!

"응?"

팽호천의 주먹을 막은 것은 자하검이었으나 검집째로 막아 손에는 상처가 나지 않았다. 주먹에 닿은 자하검은 팽호천의 손목을 축으로 빙그르르 한 바퀴 돌았다.

당연히 적우강의 신형이 허공에 떴다.

'기회!'

내공 대결이 아닌 이상 응용할 초식이 많은 사람이 유리한 순간이었다.

팽호천은 뻗은 손을 급히 거두며 주먹을 앞으로 쭉 내밀었다. 이어서 철혈사십팔퇴로 자하검을 몸에서 떨어뜨리려 비스듬히 누운 채 몇 번이고 연속해서 찼다.

그러나 이것은 팽호천의 실수였다.

적우강이 몸을 허공으로 띄운 것은 이유가 있었다.

비무대로 올라오기 전에 싸웠던 냉추와의 대결로 주먹을 사용하는 사람의 버릇을 한 가지 안 까닭이다.

멈춰 있거나 떠 있는 물체는 저항을 못한다고 여기는지 안심하고 공격을 한다는 것이다.

지금도 그랬다.

팽호천의 주먹과 발이 자하검과 적우강을 향해 날아왔다. 허공에 뜬 상태에선 움직임이 둔화될 것이란 확신이 있는 모양이다.

빙그르르.

적우강은 자하검을 이용해 몸을 이동시켰다. 동시에 잠둔을 펼쳐 팽호천의 사각지대로 들어간 후 발현으로 옆구리를 노렸다.

쾅!

벼락 떨어지는 소리가 터졌다.

팽호천의 신형이 비무대를 따라 주르륵 미끄러졌다.

"와아아아!"

환호가 터지는 것은 당연했다.

그러나 팽호천의 신형이 언제 쓰러졌냐는 듯이 벌떡 일어났다. 주먹과 발만 강한 것이 아니라 몸까지 단단한 자였다.

상대가 냉추였다면 기회를 놓치지 않고 달려갔겠지만 그랬다가는 또다시 자하검이 손에서 벗어나려고 했을 것이다.

"어떻게 된 일인지 몰라도 본선 시작부터 이걸 사용할 줄은 몰랐군. 이유야 어찌 됐든 충분히 본선에 오를 만한 자가 올라왔다."

거칠면서 투박한 목소리가 팽호천의 입에서 흘러나왔다. 그는 말을 하는 동안 허리춤에 매어 있던 끈을 풀었다.

도는 생김새가 마치 사자의 갈퀴처럼 보였다.

"사자도라고 한다."

"훌륭한 도로 보이는군요."

"조심해야 할 거야. 지는 걸 별로 안 좋아해서 다소 거칠어질 모양이니."

"마찬가지."

"푸하!"

팽호천은 짧게 웃으며 사자도를 들어 올렸다.

그러나 이곳은 비무대였다.

상대가 하고 싶은 대로 다 하게 해주면 그건 승부를 가리는 곳이라기보다는 무공을 가르치는 곳일 것이다.

훙—

자하검이 제자리에서 꽝꽝한 소리를 냈다.

자하검을 타고 날아간 아지랑이들.

그것은 검기가 뭉쳐서 형성된 검사라고 불리는 형태였다.

"검사!"

쾅!

팽호천의 외침과 동시에 폭음이 터졌다.

적우강은 폭음의 결과를 주시하지 않았다.

상대가 멀쩡하다는 것을 알고 있는데 가만히 있을 이유가 없었다.

잠둔으로 팽호천의 사각을 찾아 움직였다.

사자도를 쥘 때 오른손이 왼손을 덮는 것을 봤다.

오른손잡이였다. 그렇다면 오른쪽보다는 왼쪽이 피하기엔 쉬웠다. 왼쪽을 파고든 적우강은 자하검을 좌측에서 우측으로 그었다.

번쩍.

사자도의 도신이 빛에 반사됐다.

발현으로 사자도를 쳐냈다.

한 번씩 부딪칠 때마다 사자도의 힘이 자하검을 통해 전해졌다.

"와아아아아—!"

군웅들은 지난 삼 일 동안 본 비무 중 지금처럼 격렬하게 싸우는 모습을 본 적이 없었다. 물론 모든 출전자들이 전력을 다해 싸웠기에 긴장감이 넘친 것은 맞지만 적우강과 팽호천처럼 상대의 수를 읽고 그에 따른 적절한 방어를 저토록 고급스럽게 펼치지 못한 까닭이다.

"최고다! 팽호천이야 하북팽가의 후계자니까 당연하다지만 수라검귀는 도대체 어디서 나타난 괴물이야?"

"완전 풍운이야. 저 나이에 어떻게 저런 무공을 지닌 거지? 어느 문파라고 했지?"

"점창파라던데?"

"거긴……."

"구대문파 중 한곳이잖아. 이 년 전에 망했지만."

"그럼 망한 게 아니잖아?"

"그러게. 활동을 안 해서 멸문당했다는 소문이 났나? 아무튼 저 수라검귀라는 괴물을 배출한 곳이 점창파인 건 확실해."

군웅들이 정보를 얻는 곳은 이 안이 전부였다.

서로들 얘기하면서 정보를 얻는다고는 하지만 그것은 어디까지나 한계가 있었다.

'누군가 군웅들을 조종하고 있다.'

눈을 번뜩이는 사람은 경묵기였다.

'이 정도로 많은 군웅들을 한꺼번에 움직일 수 있는 곳이
어디지? 누군가가 수라검귀를 통해 뭔가를 노리고 있다. 뭐
지?'

매 시합마다 군웅들이 수라검귀를 찾는 목소리가 높아졌
다.

'검각, 성수궁, 검림은 무림맹과 척을 질 이유가 없으니 이
런 일을 꾸밀 리 없고…….'

경묵기는 주위를 살피다 문득 두 사람을 보게 됐다.

호리호리한 몸매의 여인 둘이었다.

처음엔 분명 둘이서 왔다가 지금은 주위 사람들과 하나가
되어 비무대 위를 응원하기에 바빴다.

여자, 그것도 사람들과 쉽게 친숙해질 수 있는 여자들이 들
어와 있다면 한군데뿐이었다.

'하오문?'

콰쾅!

"……!"

팽호천의 어깨가 뒤로 밀렸다.

한 번 승기를 잡은 적우강은 공격을 멈추지 않았다.

팽호천이 자하검을 막으면 막을수록 언제까지 막는지 보

자는 식으로 더욱 강하게 내려쳤다.

그러나 자하검이 아무리 무지막지한 힘을 싣고 있다고 해도 노리는 곳이 오직 사자도뿐이라면 막는 쪽에서는 문제될 것이 없었다.

기세만 뺏어오면 언제든 뒤집을 수 있기 때문이다.

문제는 따로 있었다.

자하검을 다루는 적우강의 자세였다.

한 번도 흐트러지지 않았다.

내공이 받쳐 주는 것이다.

쾅!

"큭."

결국 사자도가 아래로 내려갔다.

척!

적우강이 거친 숨을 몰아쉬며 자하검을 팽호천의 목에 댔다. 이럴 때 팽호천이 불복하고 다시 공격했으면 비무는 이어졌을지 모르지만 팽호천은 그러질 않았다. 숨을 몰아쉬고는 사자도를 땅에 대고 일어섰다.

"점창파의 적우강, 승!"

혁련궁이 적우강의 승리를 외치며 다가왔다.

적우강은 듣기나 했는지 자하검을 끌 듯이 하며 비무대를 내려왔다.

군웅들은 너나 할 것 없이 수라검귀를 외쳤다.

"수라검귀 최고다!"

"이참에 확 우승까지 해버려!"

"와하하하!"

군웅들의 커다란 소리도 적우강을 돌아보게 만들진 못했다. 완전히 곤죽이 돼서 걷는 것도 힘들어 보였다.

혁련궁은 적우강을 묘한 눈으로 바라봤다.

어제만 해도 펄펄 날더니 오늘은 또 비실거렸다.

도저히 알 수가 없는 자였다.

*   *   *

적우강은 비무대를 내려와 곧장 숙소로 돌아갔다.

뒤따르는 주정민과 가대건은 완전히 녹초가 된 적우강을 편하게 해주기 위해 목욕물을 데워주었다.

그러나 두 사람의 그런 노력은 한 사람으로 인해 무의미하게 변했다.

"적 소협 쉬시나요?"

당백지였다.

주정민과 가대건은 서로의 얼굴을 마주 보았다.

"들어가 보세요."

주정민이 웃으며 당백지를 문까지 안내해 주었다.

가대건은 그 모습에 인상을 쓰며 말없이 손가락질을 하며 주정민을 나무랐으나 별 소용 없었다.

그때, 방 안에서 웃음소리가 터졌다.

"하하하!"

"호호호!"

웃음소리를 듣던 가대건의 눈이 납작해지며 방을 노려봤다.

"그토록 피곤한 척하더니 당 소저가 들어가자마자 저런 웃음을……."

"남녀 관계는 다 그런 거야. 여자를 모르는 네가 그걸 어떻게 알겠냐?"

"뭐? 내가 여자를 모른다고?"

"지하 밀실에서 나와 곧바로 화산으로 왔으면서 여자는 무슨. 흰소리할 생각은 하지도 마라."

"푸헤헤."

"……?"

"하긴, 네가 뭘 알겠냐. 하던 거나 마저 해."

가대건은 의뭉스럽게 웃으며 기둥에 머리를 대고 몽롱한 표정을 지었다. 주정민은 가대건이 또 장난을 친다고 생각하다가 시간이 지나도 별 반응이 없자 은근히 궁금해지고 말았다.

"뭔데?"

"……."

"가대건, 여자 있냐?"

"……."

"야!"

"있지. 그것도 환상적인 여자가."

"……!"

주정민은 눈이 동그래져서 가대건에게 다가갔다.

"누군데?"

"있어. 나중에 소개해 주지. <u>흐흐흐</u>."

가대건은 주정민의 표정이 재미있다는 듯이 계속해서 의뭉스럽게 웃었다.

방 안으로 들어온 당백지는 적우강이 누워 있는 모습을 보고 깜짝 놀라 다가왔다.

"이, 이러지 않아도 돼요. 쉬려고 누운 것 아니에요."

"그럼 왜 누워 있었는데요?"

"그냥요."

"그냥 왜요?"

"오늘 이겼는데……."

"봤어요. 멋졌어요."

"봤어요?"

"봤다고 하잖아요."

"안 보여서 몰랐어요."

"안 보여도 항상 보고 있어요. 안 보이면 더 불안한 사람이
나니까."

"무슨 말이 그래요."

"진짜예… 어? 정말 안 아파요?"

당백지는 적우강이 식은땀을 흘리자 이상한 눈으로 쳐다
봤다. 안 그래도 비무대에서 내려올 때 어깨가 축 처진 것이
마음에 쓰여서 온 것이다.

"안 아파요. 참, 지낸다는 곳은 괜찮아요?"

적우강은 당백지가 자꾸 걱정스럽게 쳐다보자 얼른 화제
를 돌렸다.

"예. 혼원 소저가 방을 내줬어요."

"인사도 못했는데."

"호호호! 안 그래도 혼원 소저가 벼르고 있다고 전해달래
요. 아! 오늘 아주 근사한 분을 봤어요. 겉으로 볼 땐 전혀 그
렇게 안 보이시는데, 세상에……."

"누굴 봤는데요?"

"검후."

"검후?"

당백지는 반문하는 적우강을 보며 얼마 전의 자신을 떠올
리고는 활짝 웃었다.

"검각의 주인이요."

"검각… 아, 검각!"

"아세요?"

"아니요. 이곳에 와서 들었어요. 한데, 검후라면 강호명숙들과 함께 계셔야 하는 것 아닌가요?"

"그런 것에 얽매이는 걸 싫어하신대요. 그리고 깜짝 놀랄 일이 있어요. 대회 첫날, 그러니까 적 소협과 제가 검무를 펼친 날이요. 그날 검후께서 저를 봤대요. 검을 그렇게도 쓸 수 있다는 것이 너무도 신기하셨다고 하네요. 호호호!"

당백지는 그 이후의 일은 얘기하지 않았다.

검후가 당백지를 제자로 들이고 싶다는 말을.

그리고 거절한 것을.

혼원예가 바보라고 놀렸지만 당백지로서는 당연한 결정이었다. 지금까지 한 번도 익힌 적 없는 검에 관심을 두기엔 만천화우의 매력이 아직은 더 큰 탓이다.

"적 소협, 저는 암기가 체질에 맞나 봐요. 검무도 그렇게 추는 걸 보면 말이에요. 호호호!"

"당 소저는 뭘 해도 어울려요. 멋있고."

당가의 숙소에서 나와 혼원예와 함께 지내는 것이 좋을 리 없었다. 하지만 당백지는 그런 내색을 비추지 않았다.

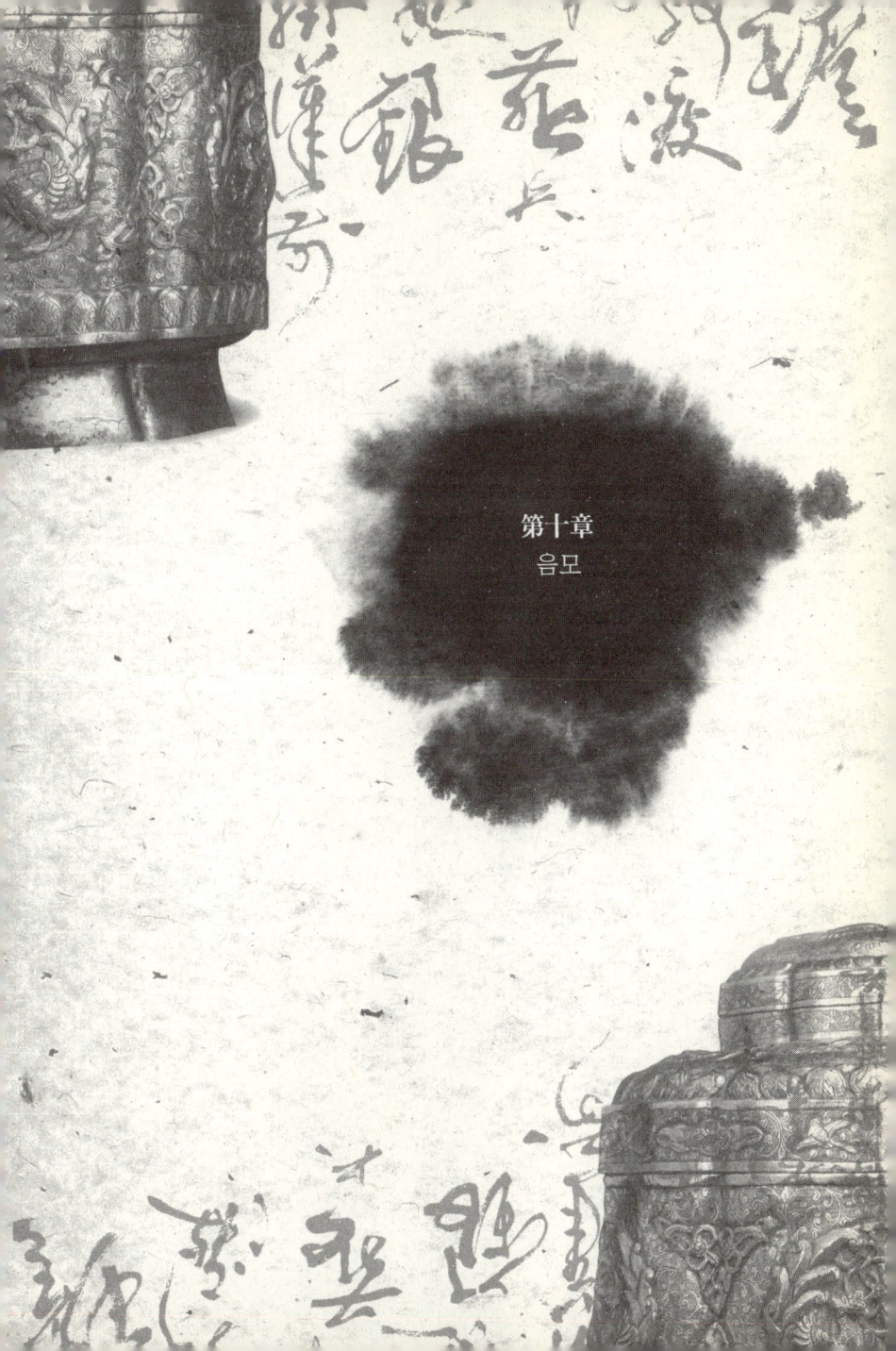

第十章
음모

본선 첫날, 두 명의 승자와 패자가 나왔다.

청성파의 이운량과 팽호천.

둘 다 패자였으나 이운량은 당당하게 자신의 패배를 인정했다. 무당파의 수제자 무당신룡 소무백이 상대라면 패한 것이 당연하다는 태도였다. 반면에 팽호천은 그렇질 못했다.

이 자리에 후기지수들이 모인 이유이기도 했다.

앞으로 남은 시합에서 누가 적우강을 만나게 될지 모르는 상황이 된 까닭이다.

냉추를 적우강과 싸우게 하겠다는 화군악의 계획은 그대로 실행됐다. 적우강의 실력이 그토록 강할 줄 예측하지 못한 것이 패착의 원인이었다.

"팽 공자와 이 소협이 화산파를 떠났습니다. 과거 군웅대회에서는 있을 수도 없는 일입니다. 미꾸라지 한 마리 때문에 연못이 흐려지는 걸 이대로 보고 있을 겁니까?"

당백룡은 이미 팽호천의 패배를 짐작하고 있었다.

당가환을 상대했던 적우강이 팽호천을 이긴 것은 어쩌면 당연했다. 화군악의 말에 속으로는 적극 지지를 표하고 싶었으나 적우강에 대해 아무것도 모르는 이들에겐 충격이 필요했다.

이젠 화군악이 분위기를 만들면 사람들은 알아서 동참하게 될 것이다.

"당 공자, 좋은 방법이 있습니까? 망해 버린 문파의 녀석이 군웅들의 지지를 받는 꼴을 더 이상 보지 않아도 될 만한 방법 말입니다."

화군악은 비무대를 향한 군웅들의 환호를 떠올리며 치를 떨었다. 모두 자신을 향한 환호였어야 하는데 엉뚱한 놈이 가로챈 것이라 여기는 까닭이다.

"안 그래도 녀석에 대해 약간의 조사를 해봤습니다. 군웅대회에 오기 전, 약간의 말썽을 부렸더군요. 그중에는 구대문파의 속가제자들을 암습한 일과 하오문의 천잔수 나곤을 도와 마중천의 붕교란 자를 죽인 일이 있습니다. 그래서 군웅들이 수라검귀라고 부른다더군요."

"이상하군요. 붕교라면 마중천에서도 제법 실력이 있는 자로 알고 있는데 구대문파의 속가제자들을 암습한 자가 그런 자를 죽였다는 건 믿기 힘들군요."

듣기만 해도 도인이란 것을 알 수 있는 목소리가 좌중을 착 가라앉혔다. 이운량을 이기며 일승을 거둔 무당신룡 소무백이었다.

"소 소협의 말뜻을 이해할 수 없군요."

당백룡이 찬물을 끼얹은 소무백을 쳐다봤다.

"나는 이 자리를 마련한 화 공자나 당 공자의 의도를 모르겠습니다. 표현은 미꾸라지라고 하면서 속으로는 아니라고 생각하는 건 아닌가요?"

"소 소협!"

"하여간 나는 빠지겠습니다. 군웅대회에는 영웅이 탄생해야 합니다. 그것은 실력으로 탄생하는 겁니다. 우리가 모여서 영웅을 만든다고 마중천에서 인정해 줄 것 같습니까? 먼저 일어나겠습니다."

소무백이 일어나 밖으로 나가자 소림일권 진부동도 따라서 일어났다. 하지만 둘을 제외하면 나머지는 자리를 지켰다.

"자, 어떻게 하면 좋은지……."

화군악의 목소리가 이어졌다.

소무백은 밖으로 나와 곧장 자신의 숙소로 가려 했다.

건물 옆쪽에서 인기척을 듣지 못했으면 그냥 돌아갔을 것이다.

"소 소협."

"……."

소무백은 진부동을 향해 손가락 하나를 입에 댔다.

그리고는 조용히 돌 위를 미끄러졌다.

놀라운 보법이 아닐 수 없었다.

소무백은 곧장 몸을 띄워 지붕으로 올라가더니 모습을 감췄다.

"누구냐?"

뒤쪽에서 소무백의 목소리가 들렸다.

진부동은 양손을 들어 올리며 주위를 경계했다.

곧이어 소무백이 한 명을 데리고 나타났다.

"응?"

퍽!

화군악이 다짜고짜 구자귀를 걷어찼다.

방으로 되돌아온 소무백의 손에 들린 구자귀를 보는 순간 화군악은 살심이 일었다. 누구냐고 묻는 소무백이 민망해하든 말든 무작정 구자귀를 낚아채 가지고는 밖으로 나온 뒤 지금까지 패고 있었다.

내공을 싣지는 않았어도 족히 반신불수는 되고도 남을 정도로 지독하게 팼지만 구자귀는 몸을 이리저리 뒹굴며 혼절하진 않았다.

화군악의 발길질이 좀 더 이어지려 할 때였다.

'이 중요한 순간에… 응?

당백룡이 화군악을 데리러 왔다가 기묘한 모습을 보고 말았다. 구자귀는 화군악의 발길질에 맞으면서도 치명적인 부분은 알아서 피하고 있었다. 그 동작은 이미 본 적이 있었다.

'어설프지만 저 동작은… 수라검귀의!'

당백룡은 자신의 눈을 마구 비볐다.

적우강과 가대건이 펼친 동작과 구자귀의 동작이 겹쳐져 보였다. 연관이 있는 것이 분명했다.

"화 공자, 참으세요."

"당 공자, 이런 놈은 죽는 게 나아요. 감히 주인에게 창피를 줘? 죽어! 나가 죽어버려!"

화군악은 말을 하면서 더욱 부아가 치미는지 당백룡의 팔을 뿌리치며 더욱 강한 발길질을 해댔다. 그대로 뒀다가는 구자귀가 죽을 것 같았다.

당백룡은 재빨리 앞으로 나오며 화군악의 발길질을 막아주었다.

퍽!

당백룡이 화군악의 발을 손으로 막았다.

"다, 당 공자!"

"이러다 사람 죽이겠습니다. 우리에게 필요한 사람입니다."

"필요한 사람이라니요? 그 녀석은 화산파의 마부일 뿐입니다."

"후후후, 그냥 마부가 아니죠. 그러니 엿들었겠지요. 적우강이란 이름이 나오니까 엿들은 것이 분명합니다."

"적우강?"

"잠시 기다려 보십시오."

당백룡은 구자귀를 흔들어 깨웠다.

간신히 눈을 뜬 구자귀의 눈동자가 마구 떨리고 있었다. 대화를 들었다는 표시였다.

'됐다! 이자를 이용하면……'

당백룡의 머릿속에 멋진 계획이 떠올랐다. 적우강을 비무대가 아닌 다른 곳에서 만날 수 있는 멋진 계획이.

*　　　*　　　*

적우강의 두 번째 비무 상대로 나선 사람은 산동악가의 신창 악건이었다.

정해진 상대와 싸워 승리를 하면 당연히 다른 승자와 비무를 해야 하건만 어찌 된 일인지 화군명이 새롭게 추첨한 상대라며 강호명숙들에게 알려왔다.

악건은 스물여덟 살이었고, 창 하나 들고 안 다닌 곳이 없을 정도로 싸우는 걸 좋아하는 자였다. 산동악가 내에서는 이미 악건이 스무 살이 됐을 때 가주로 내정해 놓았을 정도로 인정하는 고수였다.

악가이십팔창은 산서의 비면창법과 절강의 풍운창법을 모두 꺾으며 명실 공히 최고의 창법이 된 절기였다.

'왜 저리 안 좋아 보이지?'

육양 상인은 비무대로 올라오는 적우강의 창백한 안색을 보며 인상을 찌푸렸다.

'어제 팽호천과의 대결에서 부상을 입었나? 비무대를 내려갈 때 힘겨워 보인 것이 그 때문인가?'

연일 계속되는 시합에 지쳐서 그런 것이라 여겼는데 아닌 모양이다.

"산동악가의 악건이다. 이름을 말해주게."

악건은 당당하게 자신을 밝혔다.

언제부터인가 상대가 이름도 말하지 못하고 죽는 모습을 보고 깨달은 습관이었다.

"점창파의 적우강이오."

"좋다. 왜들 그렇게 너를 두려워하는지 모르나, 어디 실력이 소문처럼 뛰어난지 확인해 보도록 하지."

말이 끝남과 동시에 악건이 창을 번쩍 치켜들었다.

그러자 삽시간에 비무대 위는 창영(槍影)이 난무했다. 비무

대를 어떻게 지배하느냐에 따라 승패가 크게 좌우된다는 것
을 잘 아는 행동이었다.

악건은 바람을 가르며 창을 휘두르다 느닷없이 질풍노도
같은 공세를 펼치며 적우강을 짓쳐들었다.

콰콰콰!

적우강은 입이 마르는지 혀를 내밀어 입술을 적셨다. 바로
앞까지 다가오는 악건의 창은 아예 보지도 않았다. 지켜보는
사람들의 입장에서는 손에 땀이 나는 상황에서 속 편하게 보
였다.

그러나 적우강도 지금 필사적이었다.

불덩이 하나를 얇은 얼음으로 감싸놓은 느낌.

동작 하나라도 크게 하는 순간 얼음을 깨고 열기가 몸 전체
로 퍼질 것 같은 위험한 느낌.

이를 악다물고 다가오는 악건의 창을 보다 얼굴을 틀었다.

틱.

창끝이 적우강의 얼굴을 스치듯 지나갔다.

회수된 창이 연속해서 다시 날아왔다.

휘휙!

악건은 긴 창을 사용하는데도 빨랐다.

거리를 두는 것도 효과적인 데다 공격할 기회를 주지 않고
몰아붙였다.

틱.

자하검을 내밀어 악건의 창이 지나가는 길 하나를 막았다.
하지만 적우강을 공격하는 창은 하나가 아니었다. 하나를 막
았다고 해도 여전히 공격은 계속됐다.

스윽.

적우강은 자하검을 비틀며 나머지 창도 막았다.

처음이 어려웠지 한 번 막아본 수법은 의외로 간단했다.

팍!

회수하려는 악건의 창을 자하검을 쭉 미끄러뜨려 비무대
에 닿게 만들었다. 악건은 그 때문에 중심이 앞으로 쏠리고
말았다.

"헛?"

적우강의 이 수법은 마치 같은 무게인 줄 알고서 저울에 올
려놓았다가 한쪽으로 급히 기울어지는 것과 같은 이치였다.

악건은 이전과 똑같은 힘을 줬다가 상체가 갑자기 휘청하
며 앞으로 쏠리자 중심을 잃고 말았다.

그 순간을 놓치지 않고 자하검이 날아갔다.

빡!

"큭!"

악건은 자하검에 맞은 앞쪽에 나와 있는 왼손을 급히 창에
서 떼어냈다.

거리가 있어 손을 노린 것이다.

하지만 아직 오른손이 창을 잡고 있었다.

악건은 기합과 함께 창을 회전시켜 창끝이 적우강을 향하게 한 다음 그대로 밀었다.

큐웃!

옷자락이 잘리는 소리.

"아!"

군웅들의 안타까운 탄성이 뒤를 이었다.

그러나 아직 적우강이 당한 것은 아니었다.

옷자락을 자른 창을 자하검으로 때렸다.

땅!

경쾌한 소리와 함께 창이 떨어져 나갔다.

잠시 정적이 흘렀다.

적우강의 상태는 극히 안 좋았다.

어제 당백지가 숙소를 다녀간 뒤 밤새도록 앓았다.

이유는 아직까지 알지 못했다.

가대건과 주정민이 비무를 포기하자고까지 말한 것을 보면 심각하긴 한 모양인데 오히려 이 위험한 기분이 좋았다.

언제 터질지 모르는 독약을 얇은 종이에 싸놓은 듯한 기분.

냉추를 상대한 이후라 판단하고 있었다.

무섭게 몸이 열리며 제어가 안 되는 힘이 분출됐고, 그때 이후 현천진기만을 운용하고 있었다.

그 일 외에는 특별히 떠오르는 이유가 없었다.

악건의 창은 무척 길다.

긴 창을 상대할 때는 거리를 좁혀야 한다.

틈을 주지 않고 계속해서 움직여 표적이 되지 마라.

이 세 가지를 명심하라고 한 사람은 주정민이었다.

가대건의 잔소리도 기억이 났다.

아픈 사람 올려 보내면서 잘하는 짓이라고.

웃음이 나왔다.

"후후후."

"이이……."

적우강의 웃는 모습에 악건은 얼굴을 일그러뜨렸다.

악건의 악가이십팔창을 상대한 적우강의 검법은 단순했
다. 아무런 초식도 없었고 자연 그대로의 움직임뿐이었다.

특이한 것은 악건의 눈에 보이는 적우강의 기묘한 몸놀림
과 악건의 손을 통해 전해지는 적우강의 묵직한 힘이었다.

정적은 꽤나 길었다.

악건은 왼손이 퉁퉁 부었다는 것도 잊고 오른손을 덮으며
창을 쥐었다.

큐웃!

창이 적우강의 가슴을 꿰뚫었다.

'끝났다.'

그것은 악건의 착각이었다.

적우강은 악건의 창에 옆구리가 꿰뚫린 상태에서 자하검을 휘둘러 얼굴의 형태를 바꾸어놓았다.

빠각.

양패구상.

군웅들이 보기엔 그랬다. 적어도 적우강이 악건의 창을 옆구리에서 내려놓기 전까지는.

퉁!

"와아아아아!"

군웅들의 함성에 비무대 위의 강호명숙들과 판정을 말해야 하는 혁련궁은 깜짝 놀란 눈이 되고 말았다.

그런 와중에도 혁련궁은 두 눈을 날카롭게 번뜩였다.

'검무만 봐도 나는 상대의 실전 경험을 유추할 수 있다. 검무대회 때 적 소협은 실전 경험이 그리 많지 않았다. 하나 지금은 웬만한 사람이 십 년 공부한 것처럼 상대의 공격을 자신의 흐름으로 바꾸고 있다.'

구대문파와 오대세가의 후계자들이 모여서 뭔가를 꾸미고 있다는 것을 알고 있는 상태에서 이런 결과를 보게 되자 발표하는 그도 찝찝했다.

"점창파의 적우강, 승."

적우강은 흐느적거리며 어제보다 더 힘없이 비무대를 내려갔다. 급속히 커져 가는 불덩이를 억제시키기 위해 여전히 현천심결을 운용하고 있었다.

혁련궁이 뒤에서 뭐라고 하는 것도 들리지 않았다.

"이상해요."

당백지는 양손을 꼭 잡고 인상을 썼다.

"제가 보기에도 그러네요."

혼원예도 가대건과 주정민의 부축을 받는 적우강을 보고 있었다. 구환금단까지 펼친 몸이 저렇게 맥이 없어서는 말이 되질 않았다.

혼원예의 자존심을 은근히 건드리는 모습이었다.

"당 소저, 적 소협의 거처로 좀 안내해 주세요."

"예?"

당백지는 반색하며 혼원예를 돌아봤다.

"진맥을 해봐야겠어요."

혼원예는 호기심으로 반짝였다.

혈맥을 자체적으로 넓힐 정도의 잠재력을 가진 사람에게 구환금단까지 전했는데 왜 저렇게 힘들어하는지 알 수 없었다.

적우강의 비무를 끝으로 더 이상 시합은 벌어지지 않았다. 강호명숙들은 얼굴을 굳힌 채 일제히 자리에서 일어나 각자의 숙소로 돌아갔다.

팽호천에 이어 악건까지 졌다는 것은 사건이었다.

"오대세가의 후계자라 할 수 있는 고수 둘이 한 사람에게 지다니……."

곤오불이 기가 막혀했다.

"이러다 저 수라검귀가……."

섭일명이 만일에 대해 입을 열려 했다.

"그런 일은 일어나지 않을 겁니다."

"화 장문인께서 새로 추첨을 하는 바람에 이제 한 번만 더 시합에서 이기면 결승에 나갑니다. 그동안 다른 출전자들은 계속해서 싸워야 하고요."

"그전에 저자는… 아무튼 섭 대협이 생각하는 일은 일어나지 않습니다."

곤오불이 섭대명이 말도 꺼내지 못하게 못을 박았다.

두 사람의 대화로 인해 비무대를 내려가는 강호명숙들의 안색이 어두워졌다.

그때, 육양 상인의 눈에 곤오불이 소림의 대지 선사와 무당의 태극 진인에게 다가가 뭐라고 말을 거는 모습이 들어왔다.

적우강에 대해 말을 하려는 모양이다.

사실 육양 상인도 적우강이 이렇게까지 선전할 줄은 예상하지 못했다. 마중천의 붕교를 죽인 것 정도는 본선에 올라온 출전자라면 누구나 할 수 있었다.

팽호천과 팽팽하게 대결하다 졌다면, 그랬다면 결과는 좋았을지도 몰랐다. 강호명숙들은 자신들과 다른 옷을 입고 있는 자들을 싫어했다.

적우강은 그런 그들이 보기에 멸문된 문파의 후예, 그 이상도 이하도 아니었다. 더 이상 육양 상인도 적우강을 감싸고돌 수 없게 됐다.

'화산파에 있는 오대세가의 고수들이 가만히 있어야 할 텐데……'

육양 상인은 자신의 생각이 기우이길 빌었다.

그들의 움직임을 일일이 감시할 수도 없는 노릇이고 명숙들의 결정을 거부할 수도 없었다.

적우강은 몸이 천근만근인지 걷는 것이 아니라 땅에 빠진 발을 건져 내는 것처럼 보였다.

가대건과 주정민은 같이 움직이다가 몇 번이나 부축을 하려고 했는지 몰랐다. 그때마다 괜찮다며 적우강은 혼자서 걸어갔다.

"가 사형, 주 사형."

"예."

가대건과 주정민이 동시에 쳐다봤다.

"구 사형은 안 오신 것 같죠?"

적우강에겐 아무리 많은 군웅들의 응원도 필요없었다. 같이 있어야 하는 한 사람의 목소리가 필요했다.

"벌써 본선까지 갔는데 소식을 보내지 않는 걸 보면……"

주정민이 망설이며 대답했다.

"구 사형도 사제들이 보고 싶을 텐데… 무슨 일이 그렇게 바빠서 군웅대회에도 오지 못하는 거죠? 우린 구 사형 만나려고 군웅대회에 참가까지 했는데. 그죠, 가 사형?"

적우강의 말이 느려졌다.

가대건과 주정민은 알 수 없는 답답함이 엄습하는 걸 느꼈다.

아침에도 의원에게 가보자고 했으나 소용이 없었다.

적우강은 병이 아니라고 하지만 두 사람이 보기엔 병에 걸린 것이 틀림없었다.

"이따 당 소저가 오면 독에 중독됐는지 물어볼게요."

"가대건의 말이 일리가 있어요, 장문대행님."

두 사람은 애원하다시피 하며 말을 건넸다.

"그런 거 아니에요, 사형들."

적우강은 고개를 가로저었다.

현재 몸 상태는 누구보다 스스로가 잘 알고 있었다.

"그럼 뭔데요?"

"과정이에요."

"과정?"

가대건이 어리둥절해져서 물었다.

"몸이 좋아지려면 고비를 넘겨야 하잖아요. 가 사형은 지하 밀실에서 봤으면서 왜 그래요. 조금만 지나면 괜찮아져요."

적우강이 역시나 느리게 말을 하고는 혼자서 흐느적거리며 걸어갔다.

"야, 가대건, 뭔데? 지하 밀실에서 무슨 일이 있었는데?"

"장문대행님 말 그대로야. 거의 두 달 넘게 꼼짝도 못하다가 어느 날 갑자기 일어나 있더라구. 그때를 말하는 거야."

"어느 날 갑자기?"

"응."

"그럼 정말로 걱정 안 해도 되는 거야?"

"왜 걱정을 안 해! 그때는 나밖에 없었잖아!"

가대건이 주정민의 귀에 버럭 소리를 지르고는 적우강을 뒤따라갔다. 주정민은 멍해진 귀를 몇 번 두드린 후에야 따라갈 수 있었다.

"이제야 오는 건가?"

육양 상인이 웃으며 다가오는 적우강을 반겼다.

비무대에서 내려와 곧장 이리로 온 모양이다.

"육양 상인께서 어쩐 일이십니까? 제가 먼저 찾아뵈었어야 하는데… 죄송합니다."

적우강은 지친 표정을 재빨리 감추며 정중하게 포권을 취했다.

"아닐세. 나야말로 자네를 거의 매일 보다시피 하면서 찾아오질 못했군."

"부르시지 그러셨습니까?"

"이번 화산군웅대회의 영웅을 오라 가라 했다가 나중에 무슨 말을 들으려고. 허허허."

"별말씀을 다……. 아! 누추하지만 안으로 모시겠습니다."

적우강이 육양 상인을 안으로 안내했다.

육양 상인은 마당을 둘러보고는 위쪽 담을 쳐다봤다.

"허허허, 위치가 묘하군. 저곳이 누구의 거처인 줄 아는가?"

육양 상인이 가리킨 곳은 며칠 전 새벽에 담을 두고 소리를 교환하던 그 담이었다.

"아니요."

"혁련궁 총순찰이 저곳에 머문다네."

"예?"

적우강은 깜짝 놀라 담을 올려다봤다.

자하검을 줄 때 느꼈던 느낌과 은근히 신경 쓰이는 행동이 떠올랐다.

그러나 생각을 오래할 수는 없었다.

"안으로 드시지요."

적우강은 방으로 들어가기 전에 다시 한 번 담을 올려다봤다.

"몸은 괜찮나? 안색이 아주 안 좋군."

육양 상인은 방 안으로 들어오자 더욱 안 좋아 보이는 적우 강의 얼굴에 혀를 찼다.

"괜찮습니다."

"그 몸으로 앞으로 남은 시합을 치를 수 있겠는가?"

"제 몸 상태는 그 어느 때보다 좋습니다."

적우강은 최대한 웃음을 지으며 대답했다.

진실을 말했으나 육양 상인은 믿지 않는 눈치였다.

"함께 있는 두 사람은……."

"사형들입니다."

"허허허, 화산으로 온 이유가 그 때문이었군."

"예. 아직 한 명을 만나지 못하고 있습니다."

"인물들이 아주 훤하더군. 허허허."

"감사합니다."

육양 상인은 하고 싶은 말이 있는 것 같은데 꺼내질 않고 있었다. 적우강은 먼저 물어보기도 뭣해서 조용히 말이 나오 길 기다렸다.

"저기……."

"말씀하세요."

"조심하게. 원래 사람 많은 곳에는 일이 생기게 마련이거 든. 군웅들은 영웅을 원하나, 그렇다고 군웅들이 좋아하는 사 람이 영웅이 되진 않는다는 말일세."

그 말을 끝으로 육양 상인은 더 이상 말을 잇지 않았다. 돌려서 한 말이지만 적우강이라면 그 뜻을 미루어 짐작했을 거란 생각에서 한 말이었다.

"제가 바라는 건 한 가지뿐입니다. 아직 찾지 못한 사형이 제가 비무대에 서 있는 모습을 봤으면 하는 겁니다. 그러기 위해 비무대에 서야 합니다. 누구도 제 의지를 꺾을 순 없습니다. 누구도."

적우강은 눈빛을 빛냈다.

그 눈빛이 얼마나 강렬한지 육양 상인은 자신도 모르게 흐뭇해졌다. 적우강의 기개가 느껴지는 눈빛이었다.

곤오불이 대지 선사와 태극 진인을 찾아간 것 때문에 찾아왔건만 굳이 그러지 않아도 될 것 같았다.

잘 찾아온 것이다.

"자네를 봤으니 됐네. 허허허."

육양 상인은 일어나 적우강의 어깨를 두드려 주고는 방을 나섰다.

육양 상인이 적우강의 숙소를 나서자 전신에 붕대를 감은 자가 기다렸다는 듯이 문으로 들어갔다.

"수라검귀, 나와라!"

전신을 붕대로 칭칭 감은 자는 모충이었다.

모충은 호기롭게 외쳤다가 가대건과 주정민을 보고서 잠

시 멈칫거렸다.

"이건 뭐야?"

가대건은 모충을 보자마자 인상을 썼다.

눈, 코, 입만 빼고 전신을 붕대로 칭칭 감은 모충은 걷는 것
도 애벌레처럼 이상했다.

"너희 잔챙이는 필요없으니 수라검귀를 불러라!"

모충은 벌려지지도 않는 입으로 외쳤다.

"뭐야, 이 미친놈은?"

가대건이 곧장 검을 뽑으며 모충에게 다가가려 했다.

"가대건, 기다려 봐."

주정민은 모충의 태도가 지나치게 자신만만한 것이 아무
래도 이상하게 여겨졌다. 이미 군웅들 사이에서 유명해진 수
라검귀를 저런 상태로 찾아왔다는 것 자체가 상식을 벗어난
일이기 때문이다.

"내게 말하면 나중에 알려 드리마."

"케헤헤, 그렇게는 안 되지. 수라검귀에게 직접 전해야 하
는 말인데."

"아, 뭔데?"

가대건이 또다시 짜증을 냈다.

모충은 가대건과 주정민의 태도가 마음에 들지 않았으나
그런 것보다는 일단 명령을 수행하는 것이 중요하기에 참았
다.

"너희들 사형제 중에 구씨 성을 가진 자가 있지?"

"……!"

"지금 어디 있는지 궁금하… 억?"

모충의 입에서 구씨 성이란 말이 나오는 순간 가대건은 앞
뒤 가리지 않고 일단 덤벼들었다. 하지만 주정민이 막아서는
바람에 모충의 근처에는 가지도 못했다.

"넌 누구냐? 어떻게 구 사형의 소식을 알고 있는 거지? 지
금 어디 계시냐?"

"서두를 것 없다. 어차피 데려가려고 왔으니. 케헤."

모충은 급격하게 거만해졌다.

그때였다.

콰직!

숙소의 방문이 통째로 날아가며 적우강이 밖으로 걸어나
왔다.

"구 사형이 있는 곳을 알고 있다고? 어디냐?"

적우강은 방문을 부수며 나오자마자 곧장 모충을 향해 손
을 뻗어왔다. 가대건과 주정민은 모충과 가까이 있었지만 적
우강을 막을 엄두조차 내지 못했다.

"헉!"

모충은 뻔히 적우강의 손이 다가오는 것을 보면서도 꼼짝
을 할 수 없었다. 적우강의 눈을 본 순간 이미 머릿속은 텅 비
고 만 까닭이다.

인간의 눈이 아니라고 생각했을 때 모충의 몸이 서서히 허공으로 올라갔다.

모충을 들어 올린 적우강의 모습 어디에서도 지친 모습은 찾아볼 수 없었다.

"나, 나를⋯ 죽⋯ 네놈들의 사, 사형⋯ 못⋯ 놔⋯ 놔줘⋯ 캑 캑!"

모충의 두 발이 허공에 뜬 채 대롱거렸다.

모충은 이대로 조금만 더 있으면 죽을 것만 같았다.

수라검귀를 데려오라고 할 때 나서는 것이 아니었다.

조용히 당하는 것을 지켜봤어야 하는데 후회막심이었다.

뚝뚝.

붕대를 타고 발아래로 물이 떨어졌다.

오줌을 지린 것이다.

"⋯자, 장군봉 도, 동굴⋯⋯."

털썩.

적우강의 손아귀가 벌어졌다.

모충은 바닥에서 양손으로 자신의 목을 어루만졌다.

"장군봉 어느 동굴."

"힉! 주, 중턱."

풀려났다 싶은 목을 적우강이 다시 잡을까 봐 양손으로 막으며 급히 대답했다.

적우강은 모충이 가리킨 곳을 쳐다봤다.

저곳에 구자귀가 있었다.

불덩이를 눌러놓았던 현천진기의 벽에 금이 가는 소리가 들리는 것 같았다.

전신에 힘이 솟구쳤다.

현천진기에 의한 힘은 아니었다.

그토록 조심스럽게 눌러놓았던 그 힘이었다.

자하검이 빠져나가려던 그 힘.

그러나 그 힘을 사용해서라도 구자귀를 만나야 했다.

"지, 지금은 거, 거기에 없다."

적우강의 무시무시한 눈이 다시 모충에게로 향했다.

『천마검선』 3권에서 계속…

적포용왕

김운영
新무협 판타지 소설

『신마대전』『흑사자』의 작가 김운영.
그가 낚아 올리는 무협의 절정!
낚시 신동 백룡아! 장강에서 천존과 맞짱 뜨다!

적포천존(赤布天尊)

고금제일강(古今第一强)
인칭타자연재해(人稱他自然災害)
40세 이후로 상대가 누구든 몇 명이든,
한 번도 패하지 않고 모두 이긴 적포천존.
70세 중반에 반로환동하여 무림인들을
절망에 빠뜨린 그가 말년에
제자를 만들어 말년에 호강할 계획을 세운다?!

천하에 두려울 것이 없는 '자연재해'와
그의 제자들이 무림에 나타났다!

세상을 보는 또 하나의 창 - inthebook.net
유행이 아닌 자유추구 - chungeoram.net
Book Publishing CHUNGEORAM

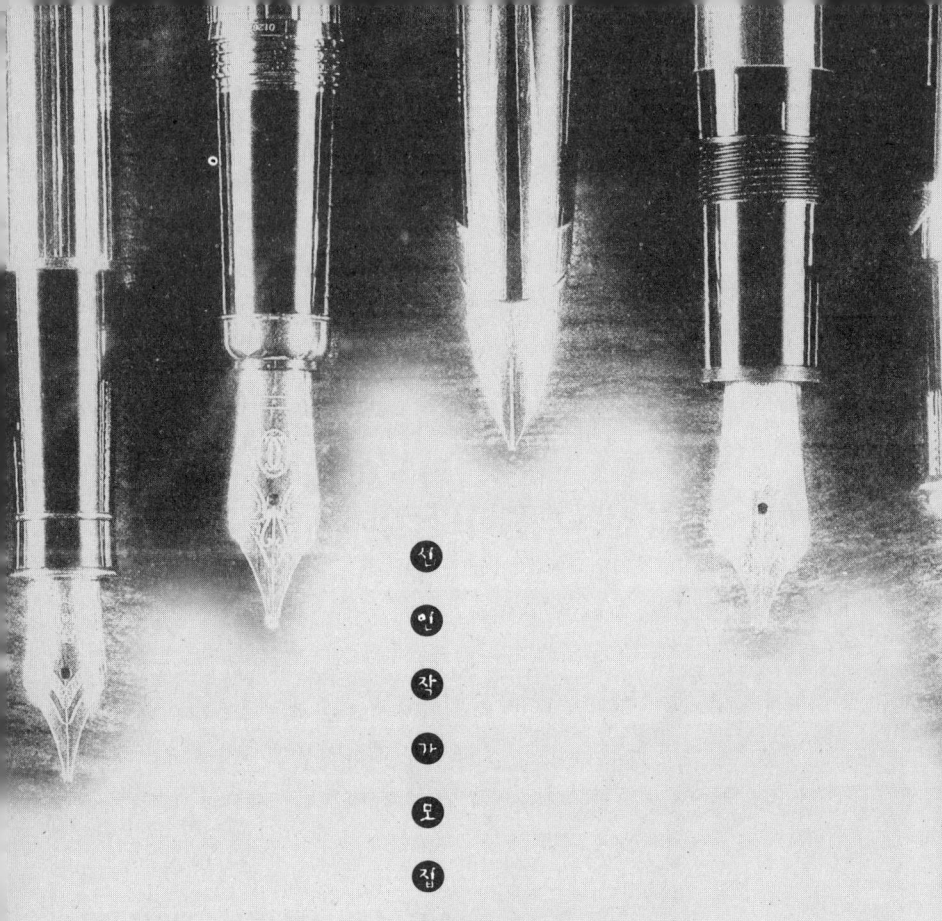

섀델
크로이츠

화사무쌍 편 전 2권
이경영 판타지 장편 소설

『가즈나이트』의 명성과 신화를 넘어설
이경영의 판타지의 새로운 상상력!

자신만의 독특한 세계관을 창조한 작가
이경영의 새로운 도전과 신선한 충격.

바란투로스의 특수부대 섀델 크로이츠의 리더 파렌 콘스탄.
야만족을 돕는 안개술사를 물리치기 위해 아시엔 대륙에서 온
불을 뿜는 요괴 소녀 카샤.
너무나 다른 두 사람이 운명의 길에서 만나다.
친구란 이름으로 시작된 모험, 그 앞에 놓인 난관과 운명의 끈은
어떻게 될 것인지……

"질투가 날 만도 하지.
요괴가 산신령을 엄마로 두는 건 흔한 일이 아니거든.
괜찮다, 파렌. 본좌가 아는 요괴들 전부 본좌를 질투하고 부러워하니까."
소녀는 손에 잔뜩 받은 빗물을 홀짝 마셨다.
파렌은 그 순수함에 웃음을 흘렸다.
그는 지금까지 자신이 봤던 그녀의 기이한 행동들을 어렴풋이나마 이해할 수 있을 것 같았다.
그렇게 친구가 된 둘은 그 길로 긴 여행을 떠나게 된다.

〈본문 중에-〉

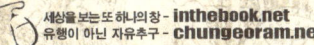

세상을 보는 또 하나의 창- inthebook.net
유행이 아닌 자유추구 - chungeoram.net

Book Publishing CHUNGEORAM

학교에서는 가르쳐주지 않는

10대들을 위한 인생수업

작가 : 이빙 | 역자 : 김락준

10대들을 위한 나침반 같은 인생 교과서!
사회 초입에 들어서게 될 청소년들에게 들려주는
100가지 인생 이야기

내 인생의 방향잡기!
여행길에 오르기 전에 접해보자!

100가지 이야기, 100가지 명언

사람은 태어나면서부터 각기 다른 모습으로, 각기 다른 사고로 "인생" 이라는
여행길에 오르게 된다. 내가 지금 서 있는 이 위치에서 그리고 사회라는 공간에서
한 사람의 몫을 당당하게 해낼 수 있는 역량을 키워나가기 위해서는 어떠한 생각을
가지고 있어야 하는 걸까.

늦지 않게 준비하자! 스스로의 마음가짐이 자신의 미래를 결정한다!

설레는 마음으로 떠난 길일지라도 기존에 생각하고 있던 것과는 다르게 흘러가는
사회의 모습에 당혹스럽기도 할 것이다.

그러한 곳에 발을 들여놓기 위해 첫 발걸음을 막 뗀 청소년이라면 학교에서는
미처 배우지 못한 상황에 더욱이 큰 혼란스러움을 느낄 수밖에 없다.
시간이 흐를수록 사회가 한 인간에게 요구하는 것은 다양하고 세밀해지고 있다.
그러한 사회 속에서 자신만이 앞으로 나아가지 못해 제자리걸음을 하게 된다면 어떠할까.
미리 대비를 하지 않는다면 당신 역시 그러한 현상에 빠지는 또 한 명의 사람이 되고 말 것이다.

책장을 넘기는 순간, 책과 당신의 공감대가 형성된다!

적응을 위해 도움이 될 만한
인생의 지혜와 경험, 깨달음이 한가득 담겨있다.
그 속에 담긴 100가지 이야기 그리고 그와 관련된 100가지의 명언은
가슴 깊이 새겨 놓고 되뇌어 보기에 충분하다.

Book Publishing CHUNGEORAM

세상을 보는 또 하나의 창 - inthebook.net
유행이 아닌 자유추구 - chungeoram.net

공부하는 감각의 차이가 자녀의 미래를 결정한다.
이 시대가 필요로 하는 명품 인재 만들기!

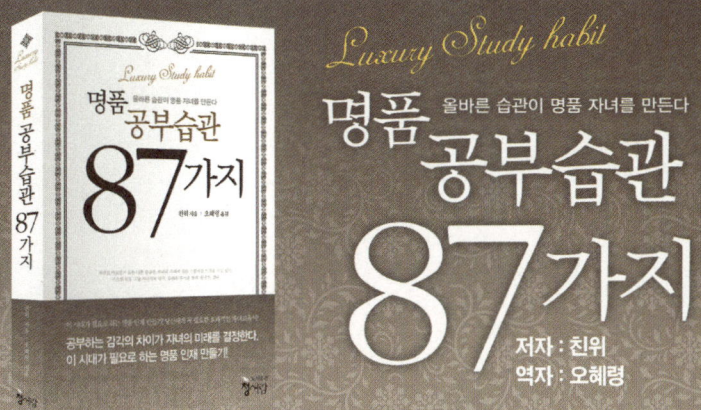

Luxury Study habit

올바른 습관이 명품 자녀를 만든다

명품 공부습관 87가지

저자 : 친위
역자 : 오혜령

❋ 똑소리 나는 부모의 똑소리 나는 자녀 교육법!

어린 시절의 습관은 평생을 결정한다.
제대로 바로잡지 못한 나쁜 습관은 자녀의 미래에 검은 그림자를 드리울 수도 있다.
대부분의 부모들은 아이의 잘못된 습관을 발견하면 언성을 높이는 경향이 있다.
하지만 그것이 문제 해결의 방법이 아님을 당신은 이미 알고 있을 것이다.
지금 당신은 적절한 대안을 찾지 못해 힘겨워 하고 있지는 않은가.
내 아이가 명품 인생으로 살아가길 희망하는 부모라면 이 책에 귀를 기울여 보자.

❋ 내 아이가 세상의 중심에 우뚝 설 수 있게 하는 방법!

이 책은 잘못된 공부습관과 대인관계 형성 등의 문제 등을
87가지 이야기를 통해 알아보고 그에 걸맞는 올바른 해결책을 제시해주고 있다.
이 한 권의 책을 통해 똑소리 나는 부모가 되어보자.
그리고 내 아이가 최고의 명품으로 거듭날 수 있도록 노력해보자.
이 책은 분명 당신에게 꼭 맞는 효과적인 자녀교육서가 될 것이다.

세상을 보는 또 하나의 창 - inthebook.net
유행이 아닌 자유추구 - chungeoram.net

Book Publishing CHUNGEORAM

Rhapsody Of Cardinal

카디날 랩소디

송현우 판타지 장편 소설

놀라운 경험(the enormous experience)!

He created a completely new world.
It is a place who have never known and where never been able to imagine.
This splendid world will introduce the enormous experience for the
person only who reads.

그 누구에게도 알려진 것이 없으며 상상조차 할 수 없었던 새로운 세계를
작가는 완벽하게 창조해내었다.
이 멋진 세계는 독자들만이 체험할 수 있는 놀라운 경험으로 인도할 것이다.

판타지는 허구다? 아니다. 판타지는 일상이다.
우리의 삶은 연속된 판타지의 연장선상에 놓여 있고,
상상은 우리의 일상을 더욱 살찌운다.
『카디날 랩소디(Rhapsody of Cardinal)』를 경험하는 독자들은
더욱 풍부한 일상 속에서 새로운 삶을 경험할 것이다.
멋진 만남! 흥미로운 경험! 이것이 『카디날 랩소디』가 가진 장점이며,
작가 송현우가 독자들에게 바라는 꿈이다.

세상을 보는 또 하나의 창 - inthebook.net
유행이 아닌 자유추구 - chungeoram.net

Book Publishing CHUNGEORAM